AF370442

Huachicoleros de 1942

Ignacio Javier González Angulo

EDIQUID

Contenido

Los hechos aquí narrados son en su mayor parte producto de mi imaginación en torno a acontecimientos históricos y referenciales en el México cambiante que me ha tocado vivir; tuve una niñez profundamente patriotera, una adolescencia inadvertidamente reflexiva, una juventud de lucha contenida, una madurez de altibajos con derrotas agobiantes y derroteros obtenidos, y vivo una senectud confiada y convencida de que este es el México que siempre anhelé vivir: la del violín, que se toma con la izquierda y se toca con la derecha. Siempre he pensado que «el futuro debe soñarse, porque soñar no cuesta nada, para soñar hay que saber, el que no sabe no tiene pasado, quien no tiene pasado, tampoco tendrá futuro. Para tener pasado, debemos vivir el presente».

En 1937:
Llega como refugiado a México León Trotski, uno de los principales líderes revolucionarios soviéticos.

En 1937:
El Congreso de Estados Unidos establece el embargo de armas destinadas a ambas partes beligerantes de la Guerra Civil Española.

El viernes 18 de marzo de 1938 acontece en México la Expropiación Petrolera.

El 1º de septiembre de 1939 da inicio la Segunda Guerra Mundial con la invasión de Alemania a Polonia.

El 22 de abril de 1940 comienza la integración de la flota petrolera de Pemex:

1. Se compra el barco alemán Tine Asmussen, que se encontraba refugiado en Coatzacoalcos, y se alista en la flota de Pemex con el nombre de Juan Casiano.

El 7 de abril de 1941 acontece la incautación de barcos petroleros italianos:

2. Lucifero pasó a llamarse Potrero del Llano,
3. Genoano cambió a Faja de Oro,
4. Americano se llamó Túxpam,
5. Atlas se modificó a Las Choapas,
6. Vigor fue llamado Amatlán,
7. Stelvio recibió el nombre de Ébano,
8. Tuscania se denominó Minatitlán,
9. Fede cambió a Poza Rica,
10. Giorgio Fazzio fue denominado como Pánuco,

También se incautaron los petroleros alemanes:

11. Hameln fue llamado Oaxaca,
13. Orinoco cambió a Puebla y
14. Marina O. se denominó Tabasco.

El 7 de diciembre de 1941 sucede el ataque japonés a Pearl Harbor.

El 18 de diciembre de 1941 inicia la *Operation Paukenschlag* ('A tambor batiente', en alemán).

El 13 de mayo de 1942 es atacado el petrolero Potrero del Llano.

El 20 de mayo de 1942 es atacado el petrolero Faja de Oro.

El 22 de mayo de 1942 México declara estado de guerra.

El 26 de junio de 1942 es atacado el petrolero Túxpam.

El 27 de junio de 1942 es atacado el petrolero Las Choapas.

El 27 de julio de 1942 es atacado el petrolero Oaxaca.

El 4 de septiembre de 1942 es atacado el petrolero Amatlán. Desde esta fecha hasta el fin de la guerra, el 2 de mayo de 1945, ningún otro barco mexicano fue atacado; no se cuenta como hecho de guerra que el 19 de octubre de 1944 el barco Juan Casiano naufragó frente a Savannah, Georgia, tras una colisión con un patrullero a consecuencia de un temporal. El hundimiento provocó el deceso de veintiún tripulantes.

Desde 1936, mientras Alemania se preparaba para la guerra, en el Golfo de México el drama comercial clandestino era incipiente. Los barcos que traían la gasolina y el diesel refinado de Estados Unidos a México, en algún lugar del mar se detenían por la noche para que los submarinos poniéndose al pairo descargaran el combustible y las vituallas necesarias, muchas veces hasta latería estadounidense (como leche condensada y frutas en almíbar) que los marineros mexicanos compraban en los puertos hasta en cinco veces su valor real. De ahí, los submarinos volvían a sus quehaceres de medición y retícula de localización.

Iniciada la guerra, la Kriegsmarine (armada de la Alemania nazi) vigorizó sus operaciones y comenzó a establecer contactos con los espías infiltrados por los SS y la Abwehr, a través de las embajadas y consulados acreditados en los países de América.

En diciembre de 1941, Estados Unidos entró en la guerra y la Kriesgsmarine lanzó su Unternehmen Paukenschlag,[1] que en su primera etapa (entre el 13 de enero y el 6 de febrero) estuvo integrada por solo cinco submarinos que en ese momento eran los únicos con capacidad de navegar desde Francia hasta Estados Unidos, en esas tres semanas hundieron veinticinco barcos y tanto la US Navy como la US Coast Guard se alarmaron; si bien los historiadores insisten en que fue en mayo cuando pudieron los alemanes establecer un sistema de abastecimiento de combustóleo al noroeste de las Bermudas, nuestras fuentes dicen que la intensificación de las incursiones de submarinos alemanes en las rutas petroleras del Golfo se favoreció con la venta del mercado negro mencionado (conocido en México como huachicol), así como los

---

1. Operación «A tambor batiente»

acercamientos a la costa este de América y las incursiones al Golfo de México.

Los ataques en el Golfo se inauguraron el 4 de mayo con el hundimiento del petrolero Norlindo, a ochenta kilómetros al noroeste de la isla Dry Tortugas, situada a su vez a ochenta kilómetros de Cayo Hueso. Fue entonces que Estados Unidos reaccionó y comenzó a imponer vigilancia a los barcos mercantes en sus mares, esto comprometió el abastecimiento de víveres, agua y diesel a los submarinos y el comercio pirata se tornó dramático por las restricciones impuestas a los barcos mexicanos de parte del gobierno estadounidense; México tenía cuatro años de haber nacionalizado el petróleo, pero no lo refinaba aún, la gasolina y el diesel los obtenían de Estados Unidos. La obstaculización del abastecimiento provocó que del 14 de mayo que se atacó al barco petrolero mexicano Potrero del Llano al 4 de septiembre que hundieron el petrolero mexicano Amatlán, en el Golfo se perdió en promedio un buque diario hasta que las operaciones preventivas implementadas por la US Coast Guard y la Marina Armada de México en el combate al comercio huachicolero obligaron a los *U-boot* a implementar su abasto en las Bermudas y limitar sus incursiones al Mar Caribe.

I. Casa de Don Arnulfo

Es una casa sencilla de adobe, con tejabán a dos aguas, cobertizo aparte para la cocina, aseada, ventilada, cuatro ventanas, dos puertas. Tierra apisonada y barrida hasta tres veces al día. Muebles de madera de cedro, hamacas y catres de lona con patas de tijera. Su esposa, que alcanzó a darle dos hijos, era una afanosa y limpia señora de albo vestido que gustaba atender bien su casa, tanto como a su marido, quien nunca tuvo queja de ella.

Sin embargo, la casa ahora la medio atiende Dominga, esposa de Timoteo, que la tomó a lo costeño un día de fiesta que celebraba el pueblo la venida del presidente de la República. Ella, de talle esbelto, ojos risueños de cortas pestañas, piernas robustas, con pies de plantas curtidas de tanto andar descalza, de bruscos hablares y risa franca, del tipo de esas costeñas que incitan al pecado y pecan con obstinada insistencia. Aunque ahora se había tornado en una vieja gorda, gruñona, mal hablada y encima celosa; decían en el centro de salud que era mal de tiroides, que tenía bocio, pero ella necia no se quería atender, vivía con claustrofobia, sola, sintiéndose con muchos problemas de salud y psicológicos. Era voluble, con crisis conversivas, obsesiva compulsiva, fumaba tres paquetes de cigarros, gustaba de Coca-Cola y café todo el día, presentaba de pronto cuadros de ansiedad y pánico generalizados, no se tomaba las medicinas. Timoteo, su esposo, andaba como autómata, ya no sabía ni qué hacer, Juana y Miguel sus hijos habían de atenderse solos.

Timoteo no obstante recuerda con añoranza un día del mes de octubre de 1940, que el general Lázaro Cárdenas, en su último mes como presidente de México, hizo una visita a la comunidad desde

Poza Rica, a donde había ido para un acto político con los trabajadores petroleros pues la expropiación del oro negro estaba reciente. Recuerda que el gobernante llegó en un vehículo Ford Coupe 1930, producto de la misma expropiación, e iba a comer y bañarse en una playa virgen inexplorada llamada Riachuelos (entre Barra de Cazones y Tecolutla), habiéndose detenido en su pueblo casualmente porque el camino ahí terminaba y el resto del recorrido tenía que hacerse a pie o a lomo de mula, para el efecto ya tenían los pobladores unas remudas listas para usarse.

Don Lázaro charló con los pobladores comenzando por el padre de Timoteo, Arnulfo Maturena, hombre de mirada cansina y una deformidad en el rostro consecuencia de una herida mortal de la cual milagrosamente sobrevivió pero dejándole una parte del cráneo sin hueso y sin pelo, lo que causaba la curiosidad de quienes lo miraban, tanto que sus amigos le aluzaban con linternas disque para verle el cerebro y adivinar sus pensamientos. Él fue el que organizó la recepción al presidente; el político saludó de mano a todos y cada uno, y luego se sentó en una piedra bajo un sauce llorón a cuya sombra estuvo platicando con los ejidatarios, los que modestamente le ofrecían tacos de frijoles de la olla que el general aceptaba a sabiendas de que en la playa le esperaba un banquete.

«No, señores —les decía el general—, sus tierras no serán afectadas siempre y cuando no tengan veneras donde se puedan instalar pozos de extracción. Sabemos de algunos que tienen extractores de varilla y que su producto no lo entregan a Pemex, sino que lo venden a los barcos costeros extranjeros que se llevan el petróleo a otros países. También sabemos de otros que tienen el descaro de agujerear los tanques de la compañía al estilo de los ladrones de mi tierra Michoacán que se roban el mezcal de las barricas donde reposa para añejarlo, a esos les decimos huachicoleros».

Entre los comuneros, agazapado se encontraba Timoteo midiendo el tamaño de la voluntad del general para mantener el control de la producción y venta del petróleo mexicano de modo que las ganancias quedaran en México; de ese ingreso dependería mucho la posibilidad de construir escuelas y hospitales, y pagar maestros y médicos. Lo de los hospitales y los médicos era un compromiso que había manejado en su campaña presidencial junto con el gobernador de Veracruz que lo acompañaba, el general Adalberto Tejeda, de eso platicarían con más amplitud en la playa.

Terminada la reunión y lista la remuda, el general tomó su montura y con agilidad se trepó, mucho había utilizado los caballos en su transcurrir como militar en Michoacán, combatiendo precisamente forajidos huachicoleros de mezcal, aunque también insurrecciones diversas; tomó pues las riendas y siguió al guía que encabezaría el contingente hacia la playa. Corría el año 1940, el mundo estaba en guerra y él estaba a punto de entregar la presidencia.

Timoteo a pie se sumó a los visitantes, primero por seguir a su padre y luego pretextando cargar más hojas de palma secas y cocos secos para hacer fogatillas y espantar las más de veinticinco especies de culícidos que habitan en las costas mexicanas. Lo que él quería en verdad era estar al pendiente de lo que sucedería en esa playa, a la que iba sin que su padre lo supiera.

La tarde estaba ya entrada. Las palapas construidas servían para soportar el sol que aún calaba y para instalar los jergones de hilacho en los que ya tarde dormirían el presidente y sus acompañantes, bien custodiados por la compañía de soldados que con discreción lo custodiaban, unos uniformados y otros vestidos de civil: ahí no se daría un tlaxcalatongazo.

El general se bañó placenteramente, disfrutó del oleaje acompañado del gobernador Tejeda, el general Francisco J. Múgica, el general Heriberto Jara, el general Félix Díaz, sus oficiales de estado mayor y don Vicente Cortés Herrera, gerente general del Consejo Administrativo de Pemex. Mientras, don Arnulfo y los lugareños disponían la comida sobre petates acomodados en la arena, para que una vez enjugadas las cabelleras, el torso, los brazos y las piernas, disfrutaran del ágape de camarón con chile guajillo, del coco malayo relleno con ostiones y almejas, y del pescado tiquinchín, bajándose la comida con un poco de *torito*, que elaborado con alcohol de caña requirió ser rebajado con jugos de cítricos de la región, para luego disfrutar de unas cocadas de durazno, cacahuate y café.

La charla seguía sobre todo en torno de la administración de la riqueza petrolera recién adquirida, que enfrentaba el boicot de las compañías inglesas, holandesas y estadounidenses afectadas, que gestionaban a sus respectivos proveedores para que no vendieran a Pemex piezas de repuesto, y que esta tenía que improvisar con simple herrería forjada a la antigua. Se hablaba de la firme actitud de la política del presidente ante el resto de las naciones, como Inglaterra y Estados Unidos que no habían tomado ninguna contra la fascista Italia que había invadido Etiopía ni reaccionado de modo alguno cuando Alemania anexionó Austria violando su soberanía. Pero lo más rotundo de Cárdenas había sido el «no» terminante a la rebelión franquista y el no reconocimiento a su gobierno cuando terminaron por fin las hostilidades. Para colmo, México vivía el bloqueo comercial de Gran Bretaña y Estados Unidos por el asunto del petróleo, y no había relaciones con la Unión Soviética por haber aceptado a León Trotski como asilado político. Cárdenas había aguantado la embestida y había salido indemne, pero ahora con la guerra mundial que azotaba Europa desde hacía más de un año, estadounidenses e ingleses habían modificado sobremanera su política. Aunque también se hablaba de educación, hasta el momento la mayor parte de la derrama económica estaba sobre el colosal aparato educativo que el prócer José Vasconcelos había estructurado 16 años antes; eran muchas las escuelas y muchos los profesores, rurales los más (donde más urgía). Si bien el sindicato de trabajadores de la enseñanza era de corte socialista, y estaba de su lado, no dejaba de suceder el roce continuo con el frente revolucionario de maestros, de corte eclesiástico. Por eso decía uno de los militares que le acompañaban «no mi general presidente, estos curas cabrones debieron haber seguido siendo combatidos, para mí que la regó el presidente Portes Gil en pactar con ellos, le hubiera hecho como Garrido Canabal en Tabasco, todos a trabajos forzados y el que no se someta, su ley fuga…». «No, no, Pascualino —decía don Lázaro—, con ese criterio nunca estará México en paz y la necesitamos para progresar. Todo es cuestión de dialogar. Y a propósito de diálogo, a ver Félix, vamos platicando —dirigiéndose al general Félix Díaz Prieto, sobrino del general Porfirio Díaz que participara en la revuelta de la Decena Trágica contra el presidente Madero—, ya llevas veintiún años desterrado del país, has hecho muchas revueltas y en todas has fracasado, dio más batalla Cedillo en San Luis Potosí y tú te la has pasado en puras asonadas, traicionaste a don Pancho Madero, te traicionó Victoriano, traicionaste a Obregón, y pues con todo eso se demuestra que no tienes ideales; tu mentado Plan de Tierra Colorada eran puras diatribas contra don Venustiano, pura ambición personal tuya y desilusiones del poder perdido. Mira, aún cuando tu tío don Porfirio no hubiese sido derrocado, murió cinco años después de que renunciara. Si así hubiera sucedido, no creas que tú habrías heredado la presidencia, los científicos te habrían hecho a un lado y, es más, te hubieran matado más rápido de lo que Huerta mató a Madero. Nosotros te hemos tratado bien, ya ponte en paz y atiende tus labrantíos. La pensión que te dé el ejército será suficiente para que vivas con holgura».

El general Díaz, vencido aparentemente, cansado y seguramente ya enfermo, solo asentía con gravedad, no discutía, no objetaba, no justificaba y, a lo más, se le notaba la ingente necesidad de ya retirarse del grupo en que estaba y al que había acudido para solicitar al general Cárdenas precisamente la pensión del ejército. Sin embargo, su expresión era menos de vencido como de fastidio; lo que él quería era establecer el contacto con Vicente Cortés Herrera, el gerente de Pemex.

En tales pláticas veían que Timoteo, con dos de los campesinos, había abordado una panga con pretexto de ir a soltar el chinchorro, disque para sacar el desayuno de la mañana. Lázaro, con amplia percepción, no dejó de notar que la panga iba sobrecargada, como si la red pesara mucho, pero no dijo nada. Alguien sacó unos juegos de dominó y se organizaron los partidos pasando así el resto de la tarde hasta que allá en las montañas se ocultó el sol; fue momento de las antorchas y de procurar cenar temprano antes de que la oscuridad no dejara ver los zacahuiles de la merienda, unos como tamales de puerco y de guajolote, una delicia. Por fin se hizo de noche, una noche de plenilunio que si ahí hubiera enamorados sería el momento de soñar despiertos con el futuro. Y los había, Cárdenas y sus acompañantes enamorados de su país comenzssaron a planear lo que sería un sistema de seguridad social.

Estuvieron dialogando hasta que ya cada quien se echó en su petate; antes Lázaro tuvo necesidad de desahogarse y para ello se arrimó a la orilla, confiado en que el mar todo absorbe y purifica. Procurando no mojarse más de lo necesario, se aproximó lo más que pudo a donde las olas lamían la playa, se acuclilló y mientras deponía, posó su mirada en lo infinito donde el mar se junta con el cielo; notó con curiosidad lo que al principio creyó era un barco pesquero, luego se dio cuenta de que sus luces no titilaban conforme a las normas marinas: era una luz más bien mortecina que alumbraba ora para un lado ora para otro, al rato no era una sola luz sino a ella se sumaron otras, al menos dos o tres. El general, cuando había sido secretario de guerra y marina con el presidente Abelardo L. Rodríguez, algo había oído conversar a los oficiales de su estado mayor sobre la regulación marinera pero no prestó mucha atención. Terminó su pendiente, se aseó enjuagándose en el oleaje, se incorporó, se subió el zíper del pantalón y volvió a su catre en la palapa, pensando en que debía preguntar al capitán Gabriel Cruz sobre ello, no tardó en quedarse dormido. Dos años después, de nuevo como secretario de guerra y marina, ahora con Manuel Ávila Camacho, se estaría enterando de todos los pormenores de esas luces que había visto.

Al amanecer cantaron los gallos de Riachuelos (poco después nombrado Lázaro Cárdenas), el Presidente se levantó con calma y si bien incómodo por la piel impregnada de la sal marina de baño de la tarde anterior, fue provisto de ropa limpia por su ordenanza y aceptó el café veracruzano que le tenían ya preparado, sin colar, al estilo militar, le gustaba masticar las grancitas entre los dientes a la vez que sorbía poco a poco el caliente brebaje. No habiendo papeles que firmar ni acuerdos qué tomar, mientras se enfriaba el café, se comió con deleite tres piezas de pan huasteco y dispuso el regreso.

Ya arriba de la mula y en la soledad que brinda cabalgar en fila de dos en fondo, conversaba con el general Múgica:

—Francisco, anoche vi unas luces... allá en el horizonte del mar, no eran luces de pesquero, además de que eran más de tres y muy juntas, demasiado como para tratarse de varios pesqueros, ora que las pangas no portan luces y no pescan aluzándose.

—Es lo que ayer quería contarte —remilgoso, el general Múgica soltó prenda al fin—, pero estuvimos muy acompañados toda la noche y los *toritos* estuvieron muy seguidos, temí no hilar bien mis palabras; mira, dice Nacho que los agentes de seguridad le han comentado que se sabe que submarinos alemanes se acercan a la costa a comerciar con los lugareños, quienes les venden fruta y hortalizas, aguardiente y a lo mejor alguna que otra hierba; Nacho —que no era otro que Ignacio García Téllez, a la sazón secretario de Gobernación— ya tiene un buen expediente de esas actividades y se ve limitado a solo sondear pues las tripulaciones teutonas no desembarcan a tierra firme para poderlos investigar, y él no cuenta con la Marina, no por falta de ganas sino por falta de buques para detectarlos, ya estuviste de secretario de guerra y sabiendo lo endebles que estamos en el mar fue que encargaste esos quince buques a España, de los cuales solo nos entregaron el cañonero Durango porque el Zacatecas se lo quedaron los franquistas...

—Sí —contesta mosqueado el presidente—, y todavía pretendía el hijo de la chingada de Franquito que le reconociéramos su gobierno, pero, por otra parte, qué bueno que se lo quedaron, tengo entendido que no salió muy bien armado y que les ha dado problemas… comenzando por el nombre que le pusieron: Calvo Sotelo.

Retomando la palabra, el general Múgica continuó: «El caso es que no tenemos suficiente flota para hacerles frente».

Tata Lázaro frunció el ceño y miró atrás para decirle a su ayudante Jacinto que fuera grupas y buscara en el contingente al general Heriberto Jara, luego, movió la cabeza, preocupado. Su ayudante refrenó su caballo, dio media vuelta y se fue trotando en sentido contrario a la columna, que avanzaba rumbo al pueblo sin nombre en el que habían quedado estacionados los coches debidamente custodiados por un pelotón de la Ayudantía Presidencial.

Heriberto Jara iba muy a la zaga, platicando de lo más animado con los pescadores y marineros que acarreaban la impedimenta; les decía sobre las correrías que se habían suscitado con la recién terminada campaña de Manuel Ávila Camacho y que él, en su calidad de dirigente del Partido Nacional Revolucionario, se había ganado y ahora había que mirar al frente en el Departamento de Marina donde el general Cárdenas lo había nombrado al día siguiente del triunfo electoral.

Jacinto le advirtió del llamado que le hacía el presidente, de inmediato se encasquetó el quepí blanco y designando a señas a dos de los marineros se fueron a galope a la cabeza de la columna, alcanzándola en pocos minutos.

El general Cárdenas pacientemente le puso al tanto de lo conversado con el general Múgica y la necesidad de implementar labores de vigilancia en las costas nacionales dada la información sobre los submarinos alemanes.

Para esos momentos ya habían llegado al pueblo en el que los esperaba el general Jesús Agustín Castro; el general Cárdenas dispuso que viajaran con él el general Múgica, el general Jara y el ya mencionado general Castro, y le indicaron al general Díaz que tomara otro coche que lo llevaría a su finca. A Félix en ese instante le cambió la mirada; muy complacido descubrió que su compañero de viaje sería Vicente Cortés, solo que no pudieron abordar de inmediato los coches pues don Arnulfo les había preparado el desayuno, muy sencillo, estilo campirano, unos simples huevos a la mexicana con frijoles aguados, tortillas recién hechas al comal y el consabido café con grancitas. Así que sentados en los guardafangos unos, sobre el cofre de los automóviles otros, y los más en la tierra vil con las piernas cruzadas, dispusieron del condumio; las mujeres y chiquillos del pueblo iban y venían afanándose en proveer de tortillas y café. Estaban en ello cuando don Lázaro reparó en que ya estaba ahí Timoteo y sus lancheros, que los había visto salir al mar con la panga bien cargada, por lo que con sorna no dudó en observar diciendo a don Arnulfo:

—Creí que nos darían pescadillos fritos como mojarras o constantinos, bien frescos pues vi a su hijo hacerse a la mar con sus amigos y una red muy amplia.

De inmediato Timoteo Maturena, antes de que su padre respondiera, dijo:

—No hubo pesca, mi presidente, echamos tres veces la red a todo lo ancho de la bahía y no agarramos pescadillas, puro pleco que no sirve para comer así, solo molido y su proceso no es manual.

—¡Ah qué caray! Ni modo, qué hacer… no me queda más que agradecerles, a usted don Arnulfo y a todos sus vecinos por las atenciones, muy rica la cena de anoche y suculento este desayuno, gracias de nuevo —y dirigiéndose a los generales—, vámonos compañeros que hay cosas por hacer y acuerdos que tomar para entregarle un mejor país al presidente electo.

Se levantaron todos casi a la vez, regresaron platos y tazas y abordaron los vehículos. Ya en ruta decía el presidente a sus generales que hablaría llegando al D.F. con el general Manuel Ávila Camacho para ponerle al tanto de este comercio clandestino con los alemanes. Que, si bien la Marina no contaba con buques de guerra equipados y modernos, sí podrían implementarse lanchas turísticas acondicionadas para patrullar las costas, que habría que establecer un acuerdo con los gringos para realizarlo.

—Ante la eventualidad de guerra, y dándose las cosas como se están dando, tú Jesús Agustín has fungido muy bien como secretario de guerra y marina pero me has dicho que te quieres retirar, aprovechando eso le diré a Manuel que el departamento de marina lo siga dejando en manos de Heriberto, es más, que lo eleve a secretaría de estado y lo nombre a él como titular, y a ti Francisco… —pero el general Múgica no lo dejó terminar— a mí ya déjenme en paz, después de las cochinas elecciones que organizaron en las que no me dejaron ser tu sucesor que porque soy muy radical, de lo cual no me había dado cuenta, pues por eso, porque acepto que soy muy radical yo comienzo por mandar a la chingada todo; no sé cómo Juan (Andrew Almazán) se ha aguantado la marranada que le acaban de hacer. Mira, te acompañé en este viaje y me interesa el tema como secretario de economía que soy ahorita, pero tratar con el Manuelito no se me da, bueno sí se me da… se me da la impresión de que es putito.

Las carcajadas no se hicieron esperar, y aún entre risas Cárdenas insistía en que Múgica debía ser el secretario de la defensa nacional:

—Ni madres, ya déjenme irme a mi laguna de Pátscuaro donde sí se pesca diario, ahí estoy construyendo una finquita para mi retiro. Al rato me va a pasar como al pendejo este de Félix Díaz que la verdad da pena ajena, verle todo desencajado después de haber puesto en jaque a tantos presidentes.

Mientras tanto, en el otro coche, Félix Díaz hablando muy quedito, casi gesticulando, le decía a Vicente Cortés que él tenía interés de adquirir un buque petrolero y coadyuvar en el transporte de combustóleo a Estados Unidos y a Inglaterra, que solo necesitaba su firma de conformidad para que el capitán del barco se anotara en la bitácora de la capitanía de puerto y esperar su turno de carga, que por eso había acompañado al general Cárdenas al paseo y que este no había puesto reparos en ello, la muestra era que los habían reunido en el mismo vehículo.

Don Vicente, de buena fe, no puso reparos y convino con el general en que hablaría con Malibrán (secretario general del sindicato de Pemex) para que diera instrucciones a los operarios y todo fluyera de la manera correcta, que a los 15 barcos que hasta ese momento prestaban servicio habría que agregar otro más:

—Otros más, aclaró Félix Díaz, porque es probable que nos hagamos de menos uno adicional.

—Cómo sea —dijo don Vicente Malibrán—, será el conducto.

El día avanzaba, ya con el sol en el cenit, el coche del general Cárdenas y los coches de su estado mayor se dirigieron rumbo al aeropuerto de Poza Rica a tomar el DC-3 arrendado que los llevaría al D.F., el coche de Félix Díaz y Vicente Cortés tomó rumbo a Tampico.

II. Sala de juntas de la London Trust Oil Shell El Águila

Años antes del paseo de Cárdenas a la playa de Riachuelos, en 1936 acontecía otro suceso en una construcción sobre pilares, propia para evitar las aguas cenagosas de la región, toda de madera, sin cristales en los vanos pero con mosquiteros de alambre constantemente renovados, muchos abanicos de tela con bastidor, impulsados por cordeles movidos por oscuros, silenciosos y ocultos sirvientes indianos, le red eléctrica no llegaba aún a esa zona y las plantas portátiles eran muy ruidosas. Una finca de estancias amplias y grandes ventanales, amuebladas con cómodos sillones de bejuco y cojines estampados de flores violeta y verde, rojo y blanco, semejando un florido lecho herbáceo. Las mesas de madera de color blanco y mantelillos de lino, soportaban refrescantes jarras de limonada y té helado, así como botellas de diversos vinos y licores.

En un extremo de la sala se encuentra Mr. Garfield fumando un enorme cigarro que acaba de encender, posee una voluminosa barriga producto de su alto consumo cervecero, sin embargo, esta vez bebía un martini en las rocas que agitaba con la mano procurando que el hielo derritiera más y diluyera su combinado de ginebra Gilbey's y vermouth seco de Cinzano, mientras aspiraba gruesas caladas a su puro. Frente a él, acomodado en un diván, Alfredo Topp Martínez, moreno claro de facciones negroides, vestido con una guayabera que le quedaba grande por lo esmirriado de su cuerpo, entrecruzaba las piernas de modo tal que, sentado sobre una flexionada de ellas podía enlazarla con la otra, por la gran elasticidad de su enjuta constitución; él consumía cigarrillos Delicados sin filtro y se servía dos onzas de *schnapps* de pera de su propia licorera; se había aficionado a esa bebida de adolescente cuando acompañaba a su abuelo paterno, alemán de cepa, que había abandonado Alemania después de luchar en la Primera Guerra Mundial, dejando allá a dos hermanos con los cuales se carteaba de vez en vez. Él era capaz de beber alcohol puro de caña de 96° rebajado con agua cuando el *schnapps* faltaba; lo hacían juntos, él y el ex-combatiente, después de trabajar largas jornadas en los plantíos frutícolas de su madre, cuya añeja familia era propietaria de una mediana huerta en Guatemala. Su madre, de origen afro, le reñía por ello, «¡eres muy chico Fritz para comenzar a beber ese aguardiente! «*Und du, der du es ihm gibst, Vater!*»,[2] continuaba dirigiéndose a su padre. El anciano veterano de la gran guerra sólo sonreía.

Finalmente, Gardfield se sentó, abriendo ampliamente las piernas y con los ojos bien atentos, le dio un generoso trago a su martini y depositó el vaso en una mesilla auxiliar.

—A ver, Fritz, ¿así dices que te decía tu mamá? —y sin esperar respuesta, siguió en un español enchichado, resultado de su impecable inglés de nacimiento siendo originario de Inglaterra—. Explícame bien cómo es que funciona ese asunto del «guachicoleo» que le llamas a la operación que me propones; recuerda nada más que yo como presidente de la London Trust Oil Shell El Águila debo cuidar los intereses de producción de la compañía y no puedo dejar de enviar este oro negro a Liverpool. Además, dime por qué quiero hacerlo, ya sé que por dinero, pero te noto un entusiasmo adicional. El guatemalteco-alemán se sonrió y procedió explicar el plan, tal y como lo había venido haciendo desde hace algunos años.

—Mira —dice Fritz—, desde que ustedes y las demás compañías extranjeras extraían el petróleo por su cuenta, también regían el precio del barril a la gente que extrae con sus pozos de varilla y siempre ha sido inferior al valor de lo que nos pagan los barcos que

---

2. ¡Y tú que se lo das, padre!

se acercan a la costa simulando ser pesqueros, y ahora con mayor razón pues lo que Pemex nos paga es menos de lo que ustedes pagaban. Según eso porque el compromiso es enviar la producción a Houston y Nueva Orleans. Nosotros comenzamos llenando tambos de los que venden alcohol puro de caña que luego se desechan y cuando el negocio prendió entonces conseguimos los tambos vacíos ya de fábrica, los movemos a lomo de mula hasta la playa y ahí cargamos las pangas después de quitarles las banquetas, y acostados, según la panga, caben de tres a cinco; enfilamos a alta mar hasta donde se deja de ver la costa y ahí nos encontramos con los barcos que se llevan los tambos a las islas del Caribe. Da más trabajo la operación al revés; llegan a Tampico los barcos con gasolina y diesel que se embarcan en camiones que luego se distribuyen al centro del país. Lo más arriesgado es detener los vehículos y quitarles a la fuerza dos o tres tambos para subirlos al cerro a lomo de mula, porque luego nos persiguen por asaltantes. Es mejor hacerlo en los almacenes de Pemex, ahí con una untadita de mano a los veladores podemos sacar los tambos, también a lomo de mula porque meter camiones hace mucho ruido, máxime si los choferes son pendejos y se les atasca el *clutch* cuando meten velocidades.

Las mulas en la playa, y misma operación, lo vendemos a los barcos que ahí nos esperan; mis seis barquitos hacen el viaje hasta Cayo Piedra por el río Dulce de Guatemala, allá no mando del negro, pura gasolina y diesel. Con mucho cuidado porque el Mico Ubico, no contento con habernos despojado de nuestra tierra para dársela a la United Fruit Company, tiene sus soldados atentos a ver qué se embarca y qué se desembarca.

—¿Quién es el Mico Ubico? —interrumpe Garfield.

—Es el presidente Jorge Ubico Castañeda, un dictador autoritario y represor; si no hubiéramos cedido a sus pretensiones de vender a precio irrisorio nuestras tierras a la United Fruit, él habría permitido que los sicarios nos masacraran a todos, como sucedió en Colombia cuando la Matanza de las Bananeras. Así que como es mejor que digan «aquí corrió que aquí quedó», cedimos las tierras. Mi abuelo murió del coraje, mi madre fue asesinada por las tropas de Ubico, y mi papá emigró a Alemania donde todavía tiene familia. Yo me quedé porque en el consulado alemán me desaconsejaron que fuera allá y me vine para acá porque ellos me lo sugirieron, que porque aquí habría de hacer unas operaciones. Y así ha sido…

—Bueno —prosigue un animado Fritz—, pues últimamente no hemos vendido el diesel a los barcos de la costa porque desde el consulado alemán me dieron instrucciones para colocar mis lanchas en determinadas coordenadas que no son otras que Isla Bermeja, donde los alemanes disimuladamente han instalado una base improvisada, ahí recalan los submarinos para proveerse de agua dulce; yo nunca he ido pero es el sitio en el que nuestros lancheros (en grupos de tres pangas) esperan a que salgan desde debajo del mar los submarinos que andan haciendo mediciones y cálculos de recorrido por todo el Golfo de México. Ellos pagan el diesel, lo malo es que a veces pagan con marcos alemanes y no con dólares. Depende de si pudieron llegar a Bacunayagua, en Cuba, donde los soldados de Batista cambian los marcos por dólares. De ese modo, pues, todos hacemos negocio. Así lo he sabido por varios capitanes de submarino, comenzando con Hans-Ludwig Witt que fue el primero que vino, y por otros más recientes como a Reinhard Suhren y Hermann Rasch, que me cuentan, y me llama la atención que son muy jóvenes.

—¿Y quiénes son esos que te ayudan? —se inquieta Garfield.

—Son un chingo —dice Fritz—, pero los que colaboran directamente conmigo son, aquí en Veracruz, un pescador de nombre Timoteo Maturena, en Tabasco un tal Refugio Colchero, marinero de la pedorra armada mexicana, y digo pedorra porque apenas cuentan con dos o tres cañoneros y un disque buque de transporte, de los cuatro de menos dos se la pasan en dique seco calafateándose porque hacen agua cuando navegan, total que el tal Refugio se dio de baja, es propietario de una lancha de diez metros de eslora y con ella se dedica a pescar en tanto logra entrar a la marina mercante, pero el pendejo no sabe hablar inglés, mucho menos alemán, y su español no le es muy útil que digamos, y en Campeche otro pescador muy misterioso que le dicen Psico.

—A propósito de España, con la guerra civil que le asola desde junio de este año —interrumpe Garfield—, hemos hecho buenos negocios comerciando con las partes en conflicto, máxime que el general Cárdenas no ha reconocido a Franco que comanda a los «nacionales», como se dicen ellos que se han rebelado contra la República. Después de que México enviara el barco bereber, aquel que llamaron Jalisco, ha transportado armas y pertrechos de Marsella a Valencia, nosotros no nos hemos quedado atrás y hemos enviado también armas desde Liverpool a Vigo. Ojalá estos pendejos españoles se sigan dando mucho tiempo porque el negocio avanza; los europeos somos dados a las guerras prolongadas.

—Por eso debes presentarme a esos dos para conocernos mejor, pues podríamos enviar combustible a Cádiz, ya veremos cómo... pero no me los traigas aquí; mejor invéntales un viaje a Veracruz, y ahí en el puerto al calor de unos rones platicamos. Nos vemos pasado mañana en el burdel Noche de Ronda —concluyó la plática Fritz.

III. Cabaret Noche de Ronda

Este antro se ubica en una calle maltratada, a mitad de camino entre las barriadas populares y los arrabales de sórdido ambiente en un pueblo costeño muy cerca del Puerto de Veracruz.

La primera impresión corre a cuenta de un largo pasillo en penumbras, con puerta de cedro al frente, chapa y contrachapa de hierro, una fachada descascarada y tres ventanas siempre cerradas y revestidas por corrientes cortinajes de terciopelo rojo bien podrían hacerla pasar por una vieja casa solariega si no fuera por el farol rojo titilante colgado arriba del ingreso y el herrumbroso letrero de fierro con pintura desteñida que dice Noche de Ronda.

Al fin del corredor hay un doble cancel de hierro forjado con un grueso pasador portacandado dispuesto para contener las salidas y entradas indeseadas, este topa de frente al foro orquestal en el que seis bullangueros y desentonados músicos improvisados tocan una rumba. Una docena de mesas se acomodan en semicírculo a una ovalada pista, del lado contrario se encuentra una ancha barra lustrosa de amplio espejo en la pared, flanqueado por anaqueles con vasos y botellas semivacías de ron Huasteco Potosí, aguardiente de caña de dudosa destilación y bourbon Garvin Brown; debajo de la barra, hieleras contienen cervezas Carta Blanca e India Pale Ale, traídas ex profeso por la compañía petrolera para sus trabajadores especiales.

En un extremo disimulado por cortinas a modo de telón, se localiza una salida a los sanitarios y a las habitaciones de las putas, contratadas por la casa para brindar gozo y esparcimiento a los clientes plateados, bien por el esplendoroso cheque asignado a los ingenieros ingleses y estadounidenses, o los otros, provistos del exiguo salario recién cobrado por los trabajadores naturales de la región.

El salón se encuentra repleto, las mesas ocupadas, la barra atiborrada de hombres demandando tragos, copas o cerveza, al joto Damián que afanoso desea atender a todos. El ambiente, enrarecido por el humo de cigarros y cigarrillos, emana una combinación de olores de todas clases, desde el almizcle de los perfumes baratos, pasando por el nauseabundo del caño, hasta llegar al confundible pero preciso olor de mariscos descompuesto o desecho de mujer, haciendo recordar los deleitables cocteles.

Nadie nota que los músicos improvisados, simples parroquianos medio ebrios, paulatinamente han sido reemplazados por los miembros de la Orquesta Guaguancó, compuesta en su mayor parte de negros, mulatos y moriscos, dirigidos por un mestizo ladino, que ya con ritmo y armonía dan paso a la melodía entre apagones y relumbros de focos estratégicamente dispuestos, a manera de obertura del espectáculo de la noche. Se oye entonces el bolero suntuoso en voz del Negro Zumbón cantando con profunda y engolada voz: «Noche de rondaaa», siguiendo la orquesta con tambores y trombones tan-tan-tan-tan-táaán, y a coro músicos y público gritar «¡la tuuuya!». La canción continúa entre la risa y los movimientos de asentimiento de los concurrentes, y momentos después pocos ponen atención a los bailes, gestos, piruetas y expresiones del Zumbón… «Qué triste pasas, qué triste cruzas, por mi balcóóón…».

En una de las mesas charlan animadamente Mr. Garfield, Fritz, Timoteo y Refugio, abrazando cada uno el talle de las espigadas suripantas de ojos enrojecidos de sueño, alcohol o droga, sin poderse precisar cuál sería la condición dominante de los otros, con ojos también irritados pero ellos sí por el desvelo, más que por la cerveza ingerida. Le relatan al inglés lo acontecido en el galpón ejidal con el presidente Cárdenas, le cuentan que llegó puntual, que ya estaban reunidos los comuneros en su mayoría, que sus mujeres muy de mañana habían preparado los nopales con chile y los frijoles bayos, que habían echado las tortillas y hervido el café y que después del desayuno, Tata Lázaro había dado explicaciones de por qué hacía cuatro años nacionalizó el petróleo y de cómo es que se había ofendido cuando los empresarios ingleses lo insultaron (Garfield, precisamente), aquella noche del 7 de marzo en que los representantes de las compañías, según relatos de testigos, el presidente Lázaro Cárdenas solicitó el pago de 26 millones de pesos como una garantía para levantar la huelga. Garfield preguntó: «¿Y quién lo garantiza?». «El presidente de la República», contestó Lázaro Cárdenas, a lo cual el inglés, en tono burlesco, arremetió: «¿Usted? ¡Jajaja!». Lázaro Cárdenas dio por terminadas las pláticas. Por eso, el viernes 18 de marzo de 1938 a las 10 de la noche declaró la expropiación mediante la cual la riqueza petrolera, que explotaban las compañías extranjeras, se volvió propiedad de la nación mexicana. Garfield confirmó enfurecido que así había sido, y ahora más mosqueado estaba por no haber calculado bien las agallas de este presidente, siendo que se había podido arreglar muy bien con los anteriores.

Timoteo les contó que se había incorporado al contingente del presidente rumbo a la playa. Que estuvo atento a lo que platicaban mientras comían, pero que solamente lo hacían sobre escuelas y profesores, médicos y enfermeras y cosas de educación y salud que él no entendía. Que cuando se metieron al mar él aprovechó, con el pretexto de preparar las lanchas de la pesca, para internarse en la selva donde bien disimuladas estaban las tres pangas ya cargadas con los tambos de petróleo, lo que requirió llamar a más gente para poder empujarlas y meterlas al agua. Arrancaron al mar cuando los señores estaban jugando dominó. Y que sentían que el mar los podría inundar porque el nivel de flotación estaba muy abajo. Que ya a oscuras llegaron al punto de reunión en el que estaban los barcos con sus luces apagadas, que tuvieron que sacar sus linternas, y que no eran a los que llevaban el producto a vender, eran dos submarinos, y sus cubiertas estaban llenas de marineros alemanes que se enojaron cuando vieron que llevábamos puros tambos. «Ahí nos hizo mucha falta usted don Fritz, porque no les entendíamos». Hasta que por fin de las entrañas de uno de ellos salió un español que dijo ser de la división azul enrolado en la Kriegsmarine y que la molestia de los alemanes es que necesitaban fruta fresca y carne. Esa noche nos tuvimos que regresar con los tambos y buscar platanares, piñas, sandías, naranjas, limones y hortalizas, «con decirles que hasta la malanga nos la aceptaron», total que con tantas idas y venidas llevando la carga nos vino el amanecer y fue cuando los alemanes nos pagaron ahora en marcos, que precisamente les faltaba fruta porque no habían podido comerciar en Cuba y conseguir dólares. Total, que antes de que saliera bien el sol, se metieron a sus barcos, cerraron las escotillas y se hundieron. Le dejaron este papel.

En un grueso papel escrito a mano con letra muy rebuscada decía:

Berlin 3° (Dritte) Deutsches Reich. Herr Fritz Topp Martinez, im Namen der Admiralität teilen wir Ihnen mit, dass Sie ab 1941 an unsere U-Boote, damit Sie zehn Fässer Diessel uns liefern müssen, die vorzugsweise in US-Dollar bezahlen werden. Ebenso sollten Sie sich im folgenden Jahr weiter auf eine Reise nach Deutschland vorbereiten, da es unter Ihren derzeitigen Bedingungen unmöglich ist, Sie zu empfangen. Sieg Heil![3]

Fritz no pudo contener una expresión de disgusto a la vez que decía «hijos de su chingada madre», y ante la mirada inquisitiva de Garfield, Timoteo y Refugio les informó que desde el próximo año las entregas deberían ser de puro diesel y que les pagarían de preferencia en dólares americanos.

---

3. Berlín 3° (Tercer) Imperio Alemán. Sr. Fritz Topp Martínez, en nombre del Almirantazgo, le informamos que a partir de 1941 se incorporará a nuestros submarinos por lo que deberá entregarnos diez barriles de diesel, que preferiblemente serán pagados en dólares estadounidenses. También debe continuar preparándose para un viaje a Alemania el año siguiente, ya que es imposible recibirlo en sus condiciones actuales. ¡Heil, Hitler!

Y que su viaje a Alemania tendría que seguir siendo postergado. Lo que no les dijo fue lo que ellos intuían, que no lo admitían por su acendrado color moreno debido a la etnia afro de su madre.

Los meses de 1941 pasaron, y cada dos o tres semanas previa noche de domingo le faroleaban desde el horizonte y así le hacían saber que para la jornada noctámbula del martes debía acudir con los 10 tambos de diesel, y eventualmente fruta fresca. Timoteo sospechaba que él no era el único que comerciaba de ese modo, y lo confirmó cuando conoció al capitán Edgardo Crown Tamares, una vez que Mr. Gardfield de modo muy cordial lo invitó a comer en su antigua oficina de El Águila, ya cerrada porque el asunto de la nacionalización petrolera era un hecho, y pese que al principio los británicos se habían molestado mucho, e incluso amenazando con bloqueo naval, los vientos de guerra en Europa los había inducido a cambiar de política. Así que un buen día le llegó la orden de liquidar a todo su personal inglés, asignarles sus pasaportes y regresarlos a Inglaterra. Él, que ya estaba viejo para embarcarse en aventuras guerreras, optó por quedarse. Otros más en su condición emigraron a Estados Unidos.

Ese día dispuso a su servidumbre que sirvieran comida de la que en México llaman casera, que era muy de su gusto porque se apartaba sobremanera del rosbif y las papas asadas que su esposa no dejaba de preparar; sirvieron sopa de arroz rojo y caldo de res con carne y legumbres, lo que en muchos lugares del país llaman puchero, y en otras partes, cocido. De postre ordenó jericallas y café americano. Su esposa, no afecta a este menú, aprovechó para ir al juego de *bridge* con sus amigas, donde le servían té de la India y galletas de vainilla natural, tan abundante en Veracruz.

Ya instalados con sus respectivos tabacos, Gardfield y Topp, arribó el capitán Edgardo Crown, de estatura más que el promedio y ojos de torva mirada, resultado de la mala entraña de corazón que tenía desde su juventud; había adquirido complejos de inferioridad al crecer entre marineros formados en la escuela náutica de Mazatlán y la Heroica Escuela Naval de Veracruz. Él, en cambio, se había hecho a sí mismo, con puro fogueo y tesón, desvelándose muchas noches leyendo sobre navegación; le costaba muchísimo entender el asunto de las coordenadas de latitud y longitud con base al reloj, el sextante y hasta el astrolabio debido a una ligera miopía que le confundía a veces la estrella polar con la constelación de Orión. La exigencia de sus profesores en la Naval y la insistencia de sus superiores para que se desempeñara con eficacia en ese menester, no le dejaron otro remedio que desertar de la escuela, cosa que hizo sin más, aunque procuró conservar relativa amistad con todos ellos, porque por otro lado tenía un gran don de mando, y siendo homosexual había seducido a varios de ellos. Era además hábil para la intriga y el misterio. No obstante, y por lo mismo, una noche que estaba de guardia en la caseta noroeste, junto a la playa Antón Lizardo, fue rodeado por al menos 10 alumnos de tercero, alebrestados lo llevaron en andas a la zona de pangas donde estaba un lanchero ya convenido a la fuerza por haber intentado amistar con la hermana de uno de ellos. El lanchero en cuestión era Refugio Colchero, contratado por la escuela para el cuidado de los aperos de pesca que los cadetes usaban los domingos en las horas de re-creación; él mantenía en buen estado los anzuelos, las cañas, las dos o tres pangas que eran usadas para este fin, así como el chin-chorro que debía ser remendado en caso que sufriera desgarrones.

El domingo anterior, diez cadetes de tercero habían salido en una de las lanchas, sin verificar que el tanque de la gasolina estu-viera lleno y hubiera otro de repuesto; ya en alta mar se habían quedado sin combustible y a puro golpe de remo tuvieron que regresar, pero la marea los llevó más al sur, hasta playa Alvarado, donde son famosos por su lenguaje vulgar y soez. Los pobladores, al verlos encallar en la playa, les soltaron una cadena de improperios por haber llegado ahí, y luego uno de los estudiantes debió pedir prestada una bicicleta para en tres horas llegar a reportarse a la escuela; después de reprenderlo le asignaron un camión para subir la lancha y regresar todos por carretera. Los cadetes encajaron la culpa, pero no faltó quien quisiera atribuírsela a Refugio «por no tener abastecidos de gasolina los tanques de las lanchas», y le dejaron caer la observación de que sería reportado ante la dirección de la escuela para que le quitaran la chamba. Sin embargo, mejor le dijeron que para no ser acusado tendría que cogerse al cadete Crown. Así que aquella noche lo llevaron y lo vejaron obligándole a hacerle sexo oral al lanchero y luego a someterse a ser cogido por el mismo sujeto. Con tales traumas encima, Edgardo superaba sus debilidades haciéndose acompañar de otros oficiales de su promoción que tenían sagacidad para la orientación por las estrellas. De día desaparecía su problema porque el uso de tales aparatos se hace con base a la trayectoria del sol y esta estrella por supuesto que sí la veía.

Edgardo Crown era pues ladino, y otro complejo que tenía era la ingente modestia económica con que había crecido pues su padre, humilde trabajador tabacalero siempre sometido a los estadounidenses que no le pagaban el salario completo y acorde al nivel que desempeñaba, a diferencia de los gringuitos que hacían lo mismo pero por ser güeritos ganaban el doble; esa *reconcomia* guardaba el capitán Crown y periódicamente la sacaba a relucir.

Vestido de punto en blanco como si viniera a un baile de gala en San Juan de Ulúa, entró con el quepí en la mano y saludó con cortesía procediendo de inmediato a abordar el tema que los había reunido.

—Entremos en materia —sentenció—, ya no es negocio estar transportando barriles de crudo y combustible a barcos pirata de la costa, debemos concretarnos solo a los submarinos alemanes que a veces quedan desabastecidos, dicen que andan ya muchos dispersos en el Golfo de México y el Mar Caribe...

Asintió Fritz bien enterado del hecho.

—El caso —continuó Crown— es que esa ordeña es de tipo hormiga, y aunque es complicado el procedimiento no nos queda de otra, porque es más fácil robarnos una pipa que meter los barcos en la fila de abastecimiento de los depósitos; pero si logramos que el general Félix Díaz Prieto nos arregle los papeles para meternos en esas filas, yo les propongo entonces que usemos barcos de gran calado y ampliemos nuestro mercado; muchos países de Centroamérica están gobernados por militares ansiosos de hacer fortuna y capital, por ejemplo en Nicaragua está Anastasio Somoza García que es presidente desde 1937 y está pronto para recibir en Puerto Cabezas de menos, me dijo, un navío mensual de gasolina refinada. Y en El Caribe, Trujillo el dominicano está más que dispuesto, y no se diga en Cuba, donde con una sobada Constitución que manejan entre varios «se les se hace bolas el engrudo» pero hace su agosto el sargento Fulgencio Batista, y es quien más brilla para hacerse de la presidencia. Él también se puede organizar para recibir gasolina refinada en el mismito puerto de La Habana. Por supuesto, tenemos que incluir a Jamaica, tan acostumbrada a la piratería desde tiempos de La Colonia, allá manda un tal Bustamante que también requiere combustible.

Ante el azoro de sus contertulios, ya entusiasmado el corrupto capitán prosiguió.

—Mis relaciones con los navegantes mercantes me hacen saber que hay varios barcos que han sido incautados a Italia y que transportan petróleo desde Poza Rica y Tampico a Houston y Nueva Orleans, principalmente, aunque en ocasiones lo hacen hasta Halifax, en Canadá, siempre y cuando no sea época de heladas porque todo se llena de hielo por esos rumbos.

—Teniendo la tripulación adecuada y el capitán correcto, podemos arreglar que la derrota del barco sea cambiada, y en lugar de viajar al norte se viaje al sur. Con quien mejor podemos contar para esto es el capitán Juan Ávalos Guzmán, que se da mucho taco porque fue formado en Francia, dice que debería ser considerado para un alto puesto en la armada, pero no lo han admitido precisamente por eso.

—Lo único que necesitamos es liquidez para comenzar, de menos con un barco que sea nuestro, y es donde entran ustedes. Yo sé Mr. Garfield, ¿le puedo llamar James? Digo, si somos socios ya desde hace más de cuatro años tratémonos con más confianza, yo sé que cuenta con capital suficiente para aportar la cuarta parte del costo del barco-tanque; tú, Fritz, si te deshaces de tus seis barquichuelos en que transportas los pinchurrientos barriles, con eso y tus ahorros, juntas la otra cuarta parte; Juan ya la tiene lista, y yo también —enfatizaba Crown.

—Le tenemos echado el ojo a un barco alemán propiedad de J. Altermann, con sede en Hamburgo, y rebautizado como Tine Asmussen, el alemanito está allá atorado con la guerra civil española, no le han permitido mover mercancía de guerra de Alemania, de Hamburgo a Gijón, por lo que se lo trajo acá donde está inamovible, nosotros sin mucho gasto lo podemos arrendar con opción a compra si las operaciones nos resultan beneficiosas.

—Les aseguro todo esto, confiado en los dos viajes que ya ha hecho mi pequeño barco carguero Tavares que aguanta bien la travesía por el Atlántico, así he comerciado armas tanto con los sublevados del puerto de Gijón, en el mero Atlántico, como con los republicanos, que por cierto van perdiendo pero pagan con oro, ellos tienen el puerto de Valencia, ya en el Mar Mediterráneo.

Los otros dos intercambiaron miradas plenas de entusiasmo, de malicia, de codicia, de corrupción.

James Garfield tenía su capital en un banco inglés de Liverpool, nada tan sencillo como cablegrafiar con los debidos códigos y solicitar el envío a Veracruz, Edgardo Crown y Juan Ávalos tenían el dinero ya fondeado en bancos de Veracruz; Fritz Topp la tenía más difícil porque debía retener a sus camaroneros en Minatitlán y ya que estuvieran los seis encontrarles compradores entre las flotas de toda la costa, e implicaba mucha movilidad y, por supuesto, gasto. Eso fue lo que impidió el sí definitivo de Topp y aplazó la conformación de la sociedad mercantil de corruptos y traicioneros. No obstante, las palmeadas de ánimo y los enhorabuena se dejaron sentir.

Al día siguiente, muy temprano Fritz abordó un DC-2 que lo llevaría con varias escalas a Guatemala y de ahí por tierra a Cayo

Piedra para cerrar operaciones y vender sus escasas propiedades que el Mico Ubico le había dejado. Fritz hizo su regreso del mismo modo, pero ahora las escalas en las ciudades porteñas las prolongaba porque había que hacer saber a las cooperativas camaroneras de la venta de sus barcos; cuando por fin arribó a Poza Rica tenía convenida la venta de su flota, y con el dinero de sus otras ventas logró reunir la aportación para la adquisición de los derechos de operación del buque-tanque Tine Asmussen.

La operación del barco se hizo con disimulo, y la dotación de marineros fue enrolada entre Timoteo Maturena, Refugio Colchero y Edgardo Crown, quienes nombraron capitán a Juan Ávalos Guzmán, se registraron ante Pemex y comenzaron a operar. Hicieron dos o tres viajes cortos de Tampico a Houston y Nueva Orleans. En el siguiente viaje, y ya con la complicidad de la tripulación, lo llevaron a La Habana; si hubiera habido objeciones de las autoridades mexicanas argumentarían fallas electromecánicas que les forzaron cambio de ruta. Luego volvieron a hacer viajes regulares, cada vez más lejos y volvían a cambiar el rumbo de vez en vez. En ocasiones, sin alejarse mucho de la costa, intercambiaban bienes con los submarinos alemanes. Ya confiados y con el personal involucrado, para comenzar a corromper a las demás tripulaciones estuvieron insistiendo en que el Tine Asmussen formara parte de los barcos que enviaban oficialmente petróleo a la Alemania nazi, viajes que se hacían a Wilhelmshaven, cosa que finalmente consiguieron entre febrero y mayo de 1939. En la primera travesía Fritz Topp participó, llegó a Alemania y pudo desembarcar, aunque pronto fue abordado por la Gestapo y reportado por los oficiales *SS* del puerto que se incomodaron con sus rasgos negroides. Topp se identificó con su pasaporte mexicano y escapó de ser arrestado, pero le asignaron un agente que lo seguía a todas partes, hasta que localizó a su padre ante quien los agentes casi le pidieron perdón. De todos modos, el trato no le gustó. Su padre estaba en el ala de la Gestapo dedicada al espionaje en América Latina, tenía estables contactos con la embajada argentina, chilena y brasileña; el arribo de Fritz le tomó por sorpresa y después de saludarse y beberse varios *schnapps*, Fritz preguntó por su primo Erich, que en ese entonces navegaba como capitán del U-552 en el Atlántico norte, y que muchos años después trascendería a la guerra y se convertiría (como otros más) en capitán de dos marinas, la actual Kriegsmarine y la Bundesmarine de la posguerra. También se pusieron al corriente cada uno en cuanto a sus actividades. A su padre le brillaron los ojos al vislumbrar cuál podría ser el medio de transporte que se usaría (en caso de que se presentara) de acuerdo al plan diseñando conjuntamente con un argentino llamado Rodolfo Freude, que casualmente estaba en Alemania en esos días; el plan consistía en tácticas de transporte clandestino para los líderes nazis e ir desperdigándose por Hispanoamérica una vez terminada la guerra porque la exportación del nazismo en tiempos de paz era una sentida necesidad. Le hizo saber que incluso en México tenían dos contactos en la persona de alguien llamado Félix Díaz Prieto y en otro, llamado Tomás Garrido Canabal. En esas conversaciones los sorprendió la madrugada y prefirieron irse a dormir; al día siguiente tendrían que viajar a Berlín, había mucho qué hacer en las oficinas del partido en relación a asuntos coloniales con el secretario Rudolf Asmis. Corría mayo de 1939, lejos estaba febrero de 1942, fecha en que comenzaron los ataques aéreos aliados sobre ciudades alemanas.

Después de un desayuno ligero de té con pan negro, fueron encaminados a la estación donde abordaron el tren rumbo a Hannover; en el sentido contrario desde Nurenberg, sede del partido nazi, viajaba Asmis. En ese año el ambiente aún era festivo, banderas rojas con la cruz gamada ondeaban por doquier, había águilas de piedra empotradas en los edificios y se veían los grupos de niños de las juventudes hitlerianas con su uniforme caqui (semejante a los *boy scout*) y semblante marcial, señores con cartapacios y señoras con sus bolsas de comida pletóricos de alegría. Desperdigados, ocasionalmente se dejaban ver hombres, mujeres y niños con la mirada baja y una estrella amarilla cosida a su ropa. Llegaron a Hannover y se dirigieron a un vetusto edificio que había sido propiedad de un banquero judío, ahora internado ya en los campos de Riga; fueron atendidos por un matrimonio sin hijos que sirvió una comida a base de papas gratinadas y carne de cerdo enlatada, calentada en la chimenea de la amplia estancia donde estaba dispuesta una robusta mesa. Estuvieron Fritz Topp, su padre Wilhem, Rodolfo Freude, Rudolf Asmis y, sorpresivamente, Franz Ritter von Epp, encargado de los asuntos coloniales y más allegado a Hitler. Después de pláticas triviales sobre el viaje realizado por Fritz en el Tine Asmussen, comenzaron a comentar los hechos acaecidos en Coyoacán en 1934, con los camisas rojas de Tomás Garrido Canabal y los del zócalo del D.F. en 1935, con Nicolás Rodríguez Carrasco; ambos hechos queriendo emular a los camisas pardas de Alemania, que habían elevado al poder a los nazis. Fritz explicaba que tales movimientos en México habían fracasado porque no se enfrentaban al poder del estado sino a las creencias de un pueblo muy religioso y católico, extremadamente guadalupano «y atentar contra la Virgen de Guadalupe en México, es peor que atentar contra la misma bandera mexicana», terció Wilhem.

Al término de la comida, Franz y Rudolf sacaron un legajo de papeles y mapas titulados todos como Proyecto Colonial y procedieron a explicarle el plan que tenían entre manos, que consistía en dos fases: la primera, una vez lograda la paz, internar alemanes en los países de África y en unas islas de Oceanía que habían sido colonias alemanas hasta la Primera Guerra Mundial (que ahora eran administrados por ingleses y franceses), y la segunda fase se trataba de la misma maniobra pero en países latinoamericanos. El propósito de este plan era reforzar la simiente de la hegemonía mundial del III Reich. Visto en el papel, todo lucía brillante, claro y diáfano. Y el Tine Asmussen tendría un destacado papel en su desarrollo. No se avizoraba aún que los sucesos de las hostilidades cambiarían el plan y lo transformarían en lo que después se convirtió en el Plan Odessa, diseñado para preservar la libertad de los oficiales acusados de criminales de guerra y distribuirlos por el mundo, sobre todo en Argentina, Brasil, Chile y Paraguay.

Anochecía cuando Fritz y Wilhem tomaban el nocturno hacia Wilhelmshaven, desde donde el Tine Asmussen se haría a la mar al día siguiente con destino a Veracruz.

Diez días después de desembarcar Fritz buscaría a Garfield pero no le habló de su apresurado viaje a Hannover; solo le platicó de la manera cómo operaba el buque en alta mar, su confiabilidad marinera, nada más.

El inicio de la guerra en Europa en septiembre de ese año les amplió su mercado. Si bien ya no llevaron petróleo a Wilemshaven, no por ello dejaron de comerciar con los nazis; las ventas las hacían en Vigo para la España franquista y para buques tanque alemanes ahí atracados. Estuvieron traficando combustóleo legal, y a veces huachicol, a Europa, el Mar de las Antillas y Centroamérica; estaban por ampliar su mercado a Sudamérica cuando para México estalló la guerra, el 22 de mayo de 1942, y su mercado en vez de aumentar se redujo. Eso potenció las ambiciones de los socios y las cosas se trastornaron.

IV. Yendo al mar

Timoteo Maturena apretó con fuerza el mando del Evinrude y dio gas al motor, fuerte, con ansia. La panga brincó dando un respingo y rizó las pequeñas olas que venían de la rompiente barra en el delta, que conformaba el estero Pichichín donde Timoteo había nacido, crecido, se había hecho hombre y del que ahora, angustiado quería huir... o morir en el intento.

Dominga, la de lampiña vulva no por afeite sino por tiñosa, su mujer, le había atenazado con firmeza el hombro por la mañana al tiempo que le arrimaba al catre su humeante jarrito de aromático café de la sierra, si acaso su único lujo del que gozaba.

Él no había sido lanchero toda su vida, si bien su existencia no la concebía más que en estos menesteres, recordaba cuando niño (ventrudo de tantas lombrices) recorría semidesnudo y descalzo las intrincadas veredas que había entre su bohío y la pequeña parcela que cultivaba Arnulfo (su padre) en un claro entre el manglar cuya espesura le hacía sentir a Timo (como le llamaban) que vivía como salvaje, según la única película que había visto desde hacía mucho.

Timo se levantaba al alba con su padre y enfilaban juntos por el camino hacia el cultivo. «Siembro *mais*», decía Arnulfo a quien le preguntaba, más por tantearlo que por curiosidad. Trabajaban juntos hasta bien entrado el día, y luego Timo deshacía el camino para preparar el exiguo almuerzo que las precarias condiciones en que vivían se los permitían.

Plátanos verdes fritos, café más con sabor a garbanzo quemado y, si había suerte, algo de pan. Luego Timo podría hacer lo que quisiera hasta la tarde que regresaba Arnulfo, por lo regular ya borracho y quizá con algunas sobras de las botanas que escamoteaba en las cantinas para dárselas a su hijo. Arnulfo no era vicioso, su mísera condición le forzaba a aceptar los obligados tragos que los gringos le hacían beber a cambio de compartir con ellos la botana: chiles rellenos de queso, albóndigas forradas en huevo, quesadillas de carne y, lo mejor, ¡puchero! Estos manjares los saboreaba Timo con delicia al irlos descubriendo poco a poco en las bolsas de su tambaleante padre, que divertido miraba cómo su hijo engullía cada bocado, lo miraba largamente complacido hasta que la tristeza lo invadía y se desplomaba en su ebriedad, cayendo en un profundo sueño.

Timo entonces se abrazaba a su padre y le acompañaba en el sueño, soñando en el mañana. El mañana había llegado. Timoteo Maturena cruzaba ya veloz y orzando las pesadas olas que la barra formaba bajo el faro de Sanchacuas; contó las olas una a una, dos, tres, cuatro, cinco, y vio venir la sexta ola alta, inmensa, quiso virar en un súbito intento de poner nueva dirección, dudó, la ola se venía con un rugiente estruendo, supo en ese instante que hacerlo pondría en entredicho todo el éxito de la intención que le acometía.

Recordó entonces aquella tarde en que abrazado a su padre, soñando en el mañana, llegaron hombres armados que violentos despertaban a Arnulfo, conminándole a decir dónde estaban los líderes de la huelga. No eran morenos como él y su padre, vestían de negro y no cesaban de gritar insultos, a los que su padre no respondía. Eran gente de El Tuerto, como después y con los años lo supo Timoteo. Él, El Tuerto, a quien nunca veía y nunca conoció hasta ese día.

No viró, enfrentó la ola que rompió con gran estruendo en la proa, llenando de agua buena parte de los fardos que lastraban su navío. La panga se levantó y luego golpeó con fuerza el agua y enhiesta enfrentó la séptima ola, que suavecita venía a la zaga, y Timo volvió a recordar.

Jalado de los pelos, arrastrado como perro aullante por entre la arena, los huizapoles y los afilados troncos del manglar, Arnulfo era amagado para que dijera dónde se encontraban sus dirigentes.

Sangrante, lloroso y aturdido, en medio de desgarradores gritos al ver el machete que caería sobre su rostro, antes de ser hendido por este alcanzó a gritar: «¡Vete hijo o estos cabrones también te matarán!».

Oportuna acción y craso error a la vez, pues los drogados y enloquecidos sicarios no se habían percatado de la presencia del niño. Al grito Timoteo respondió con viveza, pues solo sintió el viento de la mano de uno de ellos que rozó su oreja al tratar de tomarlo y raudo se internó en la espesura; oyó gritos, disparos y silbidos que luego supo que eran balas zumbando a su derredor; él corrió, corrió y corrió. Más tarde se enteró de que en la confusión el machetazo le rebanó a su padre media cara y una oreja, dejándole a la vista el cerebro. Los criminales, dándolo por muerto, lo abandonaron tirado en un charco de sangre, robaron lo que pudieron y se refugiaron en la selva. Con los bramidos acudió el pueblo casi en tropel, se encontraron con el dantesco cuadro y, siendo don Arnulfo muy querido por todos, de inmediato usando las mangas de las camisas volteadas al revés y con unas varas de grueso bambú improvisaron una camilla, en la que lo llevaron caminando toda la noche, turnándose los cargadores, hasta llegar al despuntar el día al centro de Papantla. Ahí, una enfermera tuvo el buen tino de colocarle suero y una sonda vesical, instruyendo a quienes lo llevaban que estuvieran seguros de que el suero goteara rápido, que lo cambiaran cuando terminara y que se aseguraran que colectaba orina, si no orinaba podía haber daño en los riñones. Consiguieron una camioneta descubierta que los llevó a Poza Rica y al Hospital Regional del Estado, donde lo atendieron con muy mal pronóstico. Sin embargo, el destino, Dios, la Virgen o la medicina obraron en conjunto y Arnulfo conservó la salud y sus facultades, la piel le cicatrizó encima del cerebro y la experiencia le cambió la vida; se hizo dirigente y comenzó a trabajar con el gobierno para quitarles el petróleo a los ingleses, a los holandeses y a los estadounidenses.

La séptima ola pasó y después vino la calma, lo cierto es que la aventura apenas comenzaba.

A los lejos vio las centellantes luces del pueblo y adivinó la parte del malecón al que arribaría en unas horas, el mar estaba tranquilo y solo se mecía la panga al vaivén de las aguas tenues que surgían de la nada.

Timoteo apagó el motor y condujo bordeando, meditando en cómo es que la playa estaba serena al recibir los lamidos del océano.

Comenzó a recordar cuando conoció a Dominga. Fue aquella tarde en la placita del pueblo que la vio por vez primera, enfundada en su primoroso vestido blanco primaveral que estrenaba justo para la primera fiesta del año en el pueblo con motivo de la Santa Cruz, costumbre de llevar a las hijas casaderas a bailar el zapateado indicando con ello su disponibilidad al matrimonio. Timoteo recién había bajado de la sierra, donde estuvo escondido sus largos diez años huyendo de El Tuerto.

La vio descender con tímida altivez las escaleras del templo en el que había oído misa acompañada de sus padres; trigueña que destacaba entre los morenos y prietos del lugar, de largas trenzas color canela, con sus firmes zapatos de amplio tacón que resonaría con ímpetu al compás de los rumbosos sones del conjunto costeño de músicos.

¡Quién iba a pensar que sería él el escogido por sus hermanos para romper el baile ante la mirada de contrariedad que relampagueara en los ojos de los demás muchachos del pueblo! Quién iba a pensar que Encarnación, el hermano mayor, no supiera quién era Timoteo Maturena, mejor dicho, sí sabía, lo que ignoraba es que era él, pues como explicara más tarde: «Hace muchos años que no lo miraba desde que me fui *pa'l* norte con los gabachos... me acuerdo que era ventrudo, orejón y trompudo...», y ahora Timo era un espigado y gallardo joven de ojos apacibles, labios gruesos sí, pero con una expresión afable que parecía ser incapaz de llevar la contraria a nada.

Y recordaba Timoteo cómo es que después del baile no se separó más de Dominga, y de cómo le entrelazó sus dedos de la mano para no dar pie a que nadie los separara. Y de cómo fue que logró acompañarla a su casa terminada la fiesta y de la manera en que ella comenzó el hechizo de amor que lo embriagó del todo y que le hizo despertar varias veces en la noche recreándose en su recuerdo.

De cómo se las ingenió para al día siguiente hacerse el encontradizo a la hora de recorrer la playa donde sabía que ella recogería la pesca fresca del huachinango. La vio a lo lejos desde que comenzó a descender el faro de Sanchacuas, donde hacía sus guardias nocturnas, empleo que le asignó el gobernador que acertó a premiarlo días atrás cuando lo salvara de caer por el despeñadero al encabritarse la mula que lo transportaba en su gira por las agrestes brechas de la sierra. Solo fue verla y sentir un profundo vacío entre la boca del estómago y el corazón, con acelerados latidos que lo incitaban a seguirla, rara sensación de los enamorados que causan confusión y congoja solamente aliviada con la cercanía del ser amado.

Raudo la abordó para convidarla a ver los resplandores del mar desde lo alto del faro, que a esas horas lo sabía sin gente, nadie que entorpeciera su insano propósito de menguar esa incipiente lúbrica que prendía el fuego que lo quemaba por dentro, sabiendo además cuál era el único remedio para apagarlo.

Entre risas y remoquetes subieron alegres los 365 peldaños de la torre salvaguarda del naufragio de tantos y tantos barcos que estimaban la costa; entre sonrojos y pestañeos le declaró su pasión y entre súplicas y devaneos le negó ella la prueba de su amor. Por la tarde, con el fuego inapagado pero más contenido, Timoteo se convenció de estar enfrentado con la primera gran decisión de su vida: iniciar su juventud soltero o casado.

Eso fue hace diez años, escogió ser casado. Dominga cambió, mejor dicho, se deformó y ahora es una mujer gorda y huraña. Nunca supo Timoteo qué fue lo que pasó, ella con los partos parecía que se deterioraba más y más. Por eso empezó a apegarse a Catalina, de la que bien sabe lo puta que es, no en balde atiende las mesas del cabaret Noche de Ronda, pero él recibe trato especial y cuando la usa no le cobra, por eso siente que son amantes.

En realidad, Catalina lucha por su vida más que por el amor de Timoteo; siempre está agobiada por los afanes de sexo desmedido que los clientes le exigen en el burdel, sobre todo está exigida por su verdadero amor, el prieto guatemalteco que se cree alemán, que la obliga a que finja ser amante de Timoteo porque necesita que le saque información sobre los movimientos de los marineros en los muelles, para eso necesita ella fingir su amor por Timoteo. Él, disque alemán, la tiene encandilada con pasión sexual y con la promesa de llevarla a Europa «donde vivirán mejor que aquí».

Ella nació en Tócpan, muy lejos de allí, pueblo perdido en la Sierra Madre Central, esos cerros a los que cada rato les cambian el nombre pero de donde jovencita de 21 años salió apoyada por don Baldomero el cacique, presidente municipal y prácticamente dueño del pueblo; se fue junto con Pachita, su mejor amiga, porque en el pueblo después de la muerte de sus padres de ambas no había nada que les retuviera. De grácil belleza las dos, Pachita se colocó luego de sirvienta en un pueblo cercano al borde de la Huasteca, y Catalina por azares del destino fue a dar a Poza Rica, donde logró ser estudiante de una escuela de secretarias y alojarse en casa de una tía lejana. Catalina decía a sus amigas: «Me gusta como soy, tengo poquito de todo, poquito busto, lo suficiente, poquitas pompis, lo normal, sin nada de panza, cintura muy pequeña, eso sí, muslos gordos y piernas esbeltas, no soy chaparra ni tampoco alta»; con esos atributos pronto se rodeó de admiradores y pretendientes, con los que tenía un problema: los que de verdad le gustaban no le hacían mucho caso y se burlaban de ella, en cambio los que a ella no le agradaban la acosaban mucho, la colmaban de flores, le llevaban serenata, y ella les desdeñaba. Hasta que conoció a Fidel. Él llegó como instructor de gimnasia sedentaria, pues les dijeron que una secretaria que está mucho tiempo sentada ante un escritorio, debe prepararse para ejercitar las piernas, los brazos y el cuello, y así evitar anquilosamiento y trastornos reumáticos. El maestro les ponía ejercicios sentadas, con los talones, con las puntas de los pies, calzadas y descalzadas, con los brazos hacia atrás, hacia delante, flexiones del cuello a los lados y hacia atrás. En ocasiones, se colocaba detrás de ellas y les dirigía los movimientos tomándolas de los brazos y ayudándolas a hacer las torsiones. Ella le dedicaba miradas de ternura, él no se fijaba; él, como maestro, al acercarse a ella era muy cortante, indiferente, frío. De todos los hombres que conocía era el único que medio no la trató bien, más bien la trató mal, y se sintió, y para justificar su orgullo de mujer, su autoestima, de cómo siendo una mujer tan atractiva era ignorada, y para justificar esa actitud del maestro con ella, entendió que era porque odiaba a las mujeres guapas como ella, y no quedaba otra explicación más de que era joto. Y es que él se portaba seco, no la miraba o la traspasaba como se mira a través de un cristal, no lo hacía como todos los demás hombres a los que ella estaba acostumbrada. Solo él no le hacía eso.

Lo que no sabía Catalina es que ese desprecio, ese poco afán de agradarse, se debía a que su maestro no podía dejar lugar ni para un guiño o una insinuación, tenía temor de ser señalado pues la disciplina que impartía se prestaba para ello, y la directora de la escuela había sido muy enfática de que procurara evitar malas interpretaciones.

Desde luego, ella lo desconocía por lo que procuró hacer cambiar de orientación sexual al supuesto homosexual y un día viernes por la tarde lo esperó a la salida de la escuela, se paró justo en la puerta sin darle posibilidad de escabullirse y no bien saliendo lo tomó del brazo diciéndole: «A ver maestro, al último ejercicio que nos dijo de caminar en derredor del escritorio, no le entendí…», y así, haciéndole preguntas se lo fue llevando en dirección del río Cazones.

Fidel, hombre ya y no jovenzuelo como los que ella acostumbraba tratar, no cayó en la engañifa de que ahora te acariño y luego te despido, sino que obró al revés de cómo ella esperaba y fue dejándola hacer y haciendo casi nada a la vez, para que poco a poco resultara que era más lo que él hacía que lo que ella entendía y de lo cual entendió hasta que estuvo por completo penetrada. Hasta que estuvo no en el poblado sino en el bosque, entre el río y la ciudad; hasta que no sintió tanto el viril miembro alojado en su vagina sino el fuego agobiante en los senos, en los brazos, en las piernas, en el estómago, en su vulva y la ingente necesidad de ser satisfecha en ese momento y percibir ya no atracción, sino deseo que crece y aumenta en cada movimiento, en cada embestida, con cada beso, con cada caricia; hasta que de pronto un torrente caudaloso de emociones le hace estremecerse y querer gritar, y se desborda por cada uno de los sitios de su anatomía donde antes sentía fuego. La sensación la embarga en un sosiego adormecedor que la invita a reposar con placidez y no entiende por qué él sigue embistiendo un rato más, hasta que de pronto nota que contiene un grito ahogado en su garganta y exhausto se deja caer un poco a su lado. La tarde comienza a oscurecer, ella tiene sueño, mucho sueño, pero él la levanta cariñosamente, la envuelve con mimo, la besa y, con suavidad, la pone de pie. Juntos van abrazados caminando rumbo al pueblo, a la ciudad que bulliciosa inicia el jolgorio del fin de semana.

Desde entonces Catalina no tuvo paz, de solo verlo sentía que se le enchinaba la piel, no ponía atención a las clases en ese afán de querer mirarlo y ¡cuánto sufría cuando él no le respondía!, y al impartir las lecciones a su grupo él volvía a la sequedad cuando ella lo que ansiaba era que se mostrara a todos el amor que vivían. En las tardes, era otro de nueva cuenta y ahora era a la inversa: él la llevaba al río y la hacía sentir las delicias del amor. Corrían los primeros meses de 1936 y con esa pasión los pasó Catalina, hasta que un día de julio Fidel le dio la mala noticia de que por sus ideales se iría a luchar con las brigadas americanas en España contra el franquismo.

No hubo argumento que le valiera y contara, «mira que tú ni español eres, lo fueron tus abuelos y tú naciste en México, que no eres comunista ni siquiera socialista, que yo te amo y te necesito y que quiero darte un hijo…». Nada contó. Fidel, el 1 de septiembre de 1936 se embarcó en Veracruz con varios milicianos autodenominados «Grupo Pancho Villa» rumbo al puerto de Valencia, desde donde le escribió una postal que le llegó como el 20 de septiembre; a fines de octubre recibió una carta de Albacete, en la que le contaba que le habían acuartelado e integrado en la XV Brigada Internacional, en la que perdieron el «villismo» porque predominaban los estadounidenses, así que les llamaban «Brigada Abraham Lincoln». Nunca más recibió una carta. Para diciembre ella ya había conocido otros amores, varios, queriendo volver a tener las sensaciones que había disfrutado con Fidel.

El punto es que ella desconocía que cada persona tiene su sexualidad, y pensó que con cualquiera obtendría el placer perdido, no fue así; llegó un momento en que esa búsqueda le asqueó de modo tal que se sintió pecadora, y al ver que era ya no buscada sino, por lo contrario y con frecuencia, evitada por aquellos que le gustaban, entró en la desesperación. Además, el ahorro de la herencia comenzó a menguar, dilapidado por esa razón. A lo que se suma la falta de alguien que la direccionara en lo que valía como mujer en la sociedad y de la exasperación de no tener un hombre y una relación estable, no supo pues cómo manejarse en ese sentido y optó por salir de Poza Rica; alguien le dijo que los hombres del puerto de Veracruz eran fogosos y tiernos. Llegó a Veracruz casi sin un peso en la bolsa y conoció el cabaret Noche de Ronda.

En ese centro nocturno, si hemos de llamarle así al más bullanguero burdel, primero se empleó como mesera; la lenona que lo regenteaba, al verla aún jovencita, fresca, rozagante y un tanto ingenua, de inmediato le ofreció comida, cuarto, salario y las propinas que lograra obtener, sin hablarle ni una palabra sobre prostitución, sabía que en eso caería sola, con la pura ambición y el alcohol que seguramente consumiría.

El consumo de cerveza y ron le atrajo pronto, en diciembre, con el pretexto navideño y de año nuevo, no faltaron las suripantas que la incitaron a los distintos brindis. De mesa en mesa y con distintos parroquianos, que por supuesto la galanteaban y con los que ella, si le gustaban, accedía a llevarlos al cuarto. Lo que no sabía es que cada que llevaba a uno a su habitación, el fulano en cuestión tenía que hacer un depósito en la caja de la cantina, con Reneé, la lenona. Por eso se sorprendió cuando en febrero la llamó para pagarle su mensualidad y le entregó un abultado sobre relleno de billetes, diciéndole: «Esto es lo que te has ganado por los clientes que has llevado a tu cuarto, he hecho que te paguen bien y te he tolerado que tú los escojas, pero de aquí en adelante ya no se vale elegir: cliente que te pida ir al cuarto lo tienes que aceptar y por la cara que me estás poniendo veo que no te parece, siendo así te quedas con tu empleo de mesera pero el cuarto me lo entregas mañana mismo y tus comidas tú sabrás dónde las haces. Tu horario aquí será de las nueve de la noche a las tres de la mañana». Por supuesto, no había que pensarse mucho y Catalina aceptó, total, le gustaba coger, tener cuarto y comida gratis, y la idea de ganar dinero no era para desecharse como si nada.

Así pasó Catalina 1937, cogiendo a diario y a veces los fines de semana hasta tres o cuatro veces en una noche. En una de esas ocasiones, ya casi terminando el año, le tocó atender a un gringo panzón muy elegantioso que apareció enfundado en un traje de saco de paño azul (después supo que le llamaban bléiser) y pantalón de casimir blanco. El güero se veía muy elegante y no estaba tan viejo, y tiene muy presente que fue el primero que le pidió que se metiera su pene en la boca y lo chupara como si estuviera sorbiendo refresco por un popote. Ella, renuente al principio, abrió bien la boca cuando el gringo le mostró unos billetes de dólar y ya no puso remilgos. Eso le enderezó bien el pene al gringo y ya pudo seguir sin problemas. Tardó un buen rato en acabar, si ella se cansaba él sacaba más dólares, la ponía a chupar y las fuerzas se le renovaban.

En la semana siguiente regresó el gringo acompañado por un mulato guapo de ojos verdes, vestido también con bléiser. Ambos pidieron una botella de ron blanco, nieve de limón disque para hacerse unos daiquiríes y la mandaron a llamar pidiéndole que trajera una compañera. Ella llamó a Nemesia, una jovencita que acababa de llegar y estaba aún confundida (como estuvo ella un año antes), por eso en lo que iba por ella no se dio cuenta de que a la nieve le echaban un polvillo blanco que sacaron de un sobrecito; a estas alturas se sentía ya una veterana experimentada, ignoraba lo que le faltaba por conocer. Se bebieron brindando dos o tres copas, ella comenzó a sentirse como flotando entre nubes a la vez que todo le parecía claro y natural. Como las instrucciones eran de atender a quien se lo pidiera, no se sorprendió cuando el mulato, quien dijo llamarse Fritz, la levantó de la mesa y se fue con ella al cuarto.

Esta vez no se trató de sacar dólares, comenzó él por desnudarla lentamente a la vez que la besaba y acariciaba cada parte de su cuerpo, cuando la tuvo desnuda por completo las manos dejaron de acariciar y fueron sustituidas por la lengua de él que recorrió cada centímetro de su blanca piel, mientras un brazo la sujetaba por detrás y la mano del otro jugueteaba con los pelos de su vulva. Ella con los ojos cerrados comenzó a estremecerse de placer y a volver a sentir las delicias que había sentido con Fidel.

De pronto él cesó toda acción y se puso de pie por lo que ella abrió los ojos y vio como él lentamente se desvestía hasta quedar desnudo y, asombrada, vio que su instrumento genital era de un tamaño que nunca había visto y era negro como el carbón. Luego él se puso de rodillas sobre el suelo y acercándola a ella al borde la cama, comenzó a darle lengüetazos en sus ingles, cada vez más cerca de su vagina, hasta que se dedicó con esmero a un punto especial debajo de su pubis, lo que volvió a sumir a Catalina en el placer perdido, con desesperación comenzó ella a mover sus caderas. Él se subió a la cama y colocándose a un lado le introdujo sus dedos por la vagina dando vueltas a izquierda y derecha, arriba y abajo hasta que se percató en qué punto determinado ella se sentía más estimulada y se concentró ahí, no metiendo y sacando los dedos, sino masajeando ese sitio preciso; así logró arrancarle a ella dos o tres sollozos en los que ella arqueaba su cuerpo hacia arriba y pataleaba gimiendo de placer. Finalmente, la volvió a acercar al borde de la cama, le levantó las piernas hacia su cabeza, él se ensalivó la punta de su miembro dos o tres veces y procedió a penetrarla por el recto, lo que asombró a Catalina que henchida de pasión a todo decía que sí, doloroso en un principio, el dedo masajeando de nuevo el punto ya encontrado, pronto recuperó el placer y después de unos minutos de embestidas explotó en un clímax ardiente de los que aprendió a sentir con Fidel, lo que volvió a sorprenderle es que él explotó junto con ella, y agotado se tendió a su lado. Después de un rato, cuando ella cobró conciencia de la realidad, le preguntó: «¿Vamos a volver al salón o te vas a ir pronto?».

—Para nada, vamos a dormir un rato y luego veremos.

Mientras tanto, Nemesia estaba atareada con los chupetes y rechupetes a Mr. Garfield.

A las tres de la madrugada la despertó a besos y le repitieron la dosis. Durmieron un rato y a las siete él se despidió de Catalina dejándole en su buró unos cuantos dólares más, aparte de lo que había pagado en caja.

Una semana después, Fritz volvió solo, y solo regresó de menos diez veces, a veces entre semana; la cogía por la vagina y por el recto hasta que se convenció de que Catalina estaba enamorada de él. Lo que se demostró cuando le preguntó cuándo se la iba a llevar a vivir con él, después de asegurarse de que era soltero y sin novia o amante, que lo quería y que los días eran áridos cuando él no estaba y que lo que antes le ocasionaba gusto, coger con extraños, ya le comenzaba a asquear.

—No podemos vivir juntos porque el trabajo me aleja constantemente de mi casa, un día estoy en Veracruz, otro en Tampico, luego en Poza Rica, después de Túxpam. Me la paso recorriendo la cuenca petrolera, pero te prometo que en cuanto se acomode «esto» de las huelgas que traen los petroleros, sí te llevo conmigo a Berlín.

Pero luego de las huelgas se vino la expropiación petrolera y el «esto» no terminaba de acomodarse y fue cuando llegó Timoteo, quien viéndola se le desbocaron los ojos de lujuria y deseo; sin embargo, se contuvo y en una parada que se dio a orinar (dado que él sólo bebía cerveza Carta Blanca), Fritz dijo a Catalina: «Cata, te coges a muchos toda la semana, así que uno más no importa, quiero que a este te lo cojas hoy y le hagas sentir que te gusta mucho, quiero que él se "empique" contigo porque necesito que lo emborraches y le saques cualquier información que pueda darte sobre lo que opinan sus amigos y él de los negocios que estamos haciendo.» Llegando a la mesa, Timoteo se sorprendió cuando Catalina se le comenzó a arrimar acabando por convidarlo a su cuarto, cosa que de inmediato aceptó.

Timoteo, después de tanto tiempo conviviendo con Dominga, ya huraña y cascarrabias, ya gorda y fodonga, vio en Catalina el paraíso y más con el trato que recibió; lo dejó extasiado. Primero, le quitó el pantalón, luego los calzones, cuando vio que su pene no tenía la adecuada higiene, lo detuvo, se acercó al tocador donde tenía sus potingues y menjunjes y tomó una pequeña palangana con agua y jabón, se acercó a él y le dijo «mientras te quitas la camisa para que estés más cómodo, te voy a asear». Ella comenzó a mojarlo y enjabonarlo desde el glande hasta el escroto, le pidió levantarse apoyándose en talones y espalda y le lavó también el culo, luego lo secó y comenzó a acariciarle el pene con las manos y chupárselo una y otra vez, para luego subirse a horcajadas sobre él y quedar ensartada apoyándose en cuclillas, subiendo y bajando varias veces, gimiendo y aullando quedamente hasta que lo hizo eyacular. Él, que nada sabía de amores, quedó prendado en la creencia de que la había hecho gozar como él se había sentido. Terminando, lo volvió a lavar, a secar y diciéndole que tenía sed, le apremió a volver al salón. Todo el proceso no llevó más de una hora. En el salón lo estuvo acicateando a beber hasta que lo emborrachó. Él nada soltó porque nada tenía, obraba delincuencialmente sin darse cuenta, de buena fe, sin malicia; con la pura necesidad de trabajar y tener dinero para sobrellevar lo mal que se vive.

La siguiente semana Frizt llegó un día antes, hizo gozar a Catalina y luego la previno «seguramente Timoteo vendrá solo mañana que es día de raya, lo vas a atender y no le vas a cobrar, haciéndole creer que la que disfruta eres tú con su visita y que quieres que venga más seguido; yo estaré un día antes o un día después de él, pagaré los gastos que se originen y te atenderé como a ti te gusta, luego te digo qué información quiero que le saques».

Cuando Timoteo, simple pescador, conoció al huachicolero Fritz no supo bien a bien que este lo era, lo suponía un contrabandista de mezcal y ron adulterado, de esos que vendían a la cantina El Retiro los bidones de aguardiente elaborado en los alambiques de adentro de la selva. Le llamó la atención los fajos de billetes mexicanos y dólares gringos en los que resaltaban otros diferentes, que después supo eran marcos alemanes.

Luego de un día de pesca menguada en la lancha de Refugio, Timoteo y Miguel invitaron a Fritz a jugar al tute, y entre pintadas, falladas, tragos de mezcal, y de haber hablado de mujeres, de parrandas y, por supuesto, del tema de moda, la reciente nacionalización del petróleo en México y la declaración de neutralidad del gobierno mexicano en el preludio de la contienda mundial que se avecinaba, Fritz les hizo ver la necesidad de que dado que la pesca dejaba poco, había que enrolarse en los barcos que llevaban el petróleo a Galveston, Texas, y Nueva Orleans, para de regreso traer gasolina y diesel a Ciudad Madero, Tamaulipas, y a Minatitlán, Veracruz; así como del modo de ordeñar los tanques para colectar el combustible en bidones, bajarlo en las noches a las pangas que se arrimaban a los buques, y venderla directamente a los gasolineros que la compraban a precio inferior del establecido por Pemex; por eso había surgido el tema de la conveniencia de estar llevando la gasolina mar adentro, donde había quién la comprara a mejor precio del que pagaba Pemex o los gasolineros que comenzaban a ser conocidos como huachicoleros. Todo eso lo platicaban Fritz Topp Martínez el huachicolero, Refugio Colchero el lanchero y Timoteo Maturena el pescador, ante los azorados ojos de Miguel su hijo, muchacho de carácter apacible que en estatura y constitución corporal supera al padre en tres palmos, y que este día le tocó acompañarlo porque Timoteo quería que siguiera sus pasos en esto de la pesca, cosa a la que el muchacho pese a que obedecía en realidad no le agradaba: él quería ser abogado.

—El truco es sencillo —decía Fritz—, aparte del Tine Asmussen ya tenemos otro buque llamado Tierra Colorada, a este le invirtió mucho el general Félix Díaz Prieto, que quiere seguir estando a la sombra y por eso me ha nombrado a mí su apoderado. Este buque, ajeno a los barcos de Pemex pero con bitácora autorizada, se forma en la fila de abastecimiento y zarpa a Europa cada dos meses y medio, dura treinta días navegando de continente a continente, primero recala en Vigo, en España, donde desembucha la mitad de combustóleo a los franquistas y la otra mitad la lleva a Lorient, en Francia, y ahí los alemanes la distribuyen. De regreso, trae en cubierta contrabando de vinos y licores franceses, alemanes y españoles, que son bajados mientras espera turno para ser de nuevo cargado. El Tine Asmussen solo viaja a Vigo, pero hace la misma operación; descarga la mitad para España y la otra mitad a un buque tanque alemán que se le flanquea, aunque en la bitácora se declara que toda la carga se entrega a España. En el ajo están, por supuesto, los españoles, pero ellos están obligadísimos porque le deben mucho material de guerra a Alemania, de no ser por ellos no vencen a los republicanos.

Miguel los ha analizado de hito en hito y se desboca su imaginación sintiéndose agente de ventas de energéticos en Europa; se ve a sí mismo vestido de traje de casimir, blanca camisa y corbata de seda, zapatos bostonianos, sombrero, portafolio y periódico bajo el brazo, así como lucen los figurines que ocasionalmente compra Juana, su hermana. Se imagina abordando trenes y aviones, mirando de soslayo en derredor, miradas sin descaro sobre bellas mujeres que le atienden o le acompañan en sus viajes. Ya está harto de este ambiente enrarecido de humo, alcohol y vicios adonde Timoteo su padre le hace asistir. Pero con sus dieciocho años apenas se encuentra terminando la secundaria y así de panguero como ve su entorno no atisba cuál será el modo de lograr desprenderse de semejante medio que lo asfixia.

Por eso piensa con malicia que su hermana Juana, en cambio, la tiene más fácil, máxime que es mayor que él, rubia veinteañera de labios gruesos y encarnados, cuello alto, talle esbelto y largas piernas torneadas que se adivinan cuando, a escondidas de su mamá, Juana se pone las faldas entalladas y usa los tacones para pasear por el malecón atrayendo las miradas lascivas de jóvenes y viejos, trabajadores y desempleados, ricos y asalariados, hombres todos que la acosan con señas y ademanes lujuriosos, ante los cuales ella solo sonríe agitando la cabellera. Miguel la sigue a corta distancia cuando van a cumplimentar algún encargo familiar.

Juana a su vez tampoco se vislumbra avecindada en el puerto, mucho menos casada y con hijos; sin tener ni un ápice de talento artístico ella cree que puede ser fácil incursionar en el mundo de la actuación y lograr conectarse con un productor que la proyecte al estrellato, influenciada por los estereotipos de las películas «Santa» y «La mujer del puerto».

A ambos el destino les depara una sorpresa al mismo tiempo. Van juntos, caminando por la playa de Tecolutla, cuando aciertan a ver que fondeado frente al puerto se encuentra un barco diferente a todos los que han visto hasta entonces, no es un carguero, no es militar, parece de pasajeros pero es blanco todo y ostenta una gran cruz de color rojo en sus costados, por lo que presurosos, tomados por la curiosidad, acuden al muelle donde está atracada una lancha de transbordo con la bandera del barco. No entienden el nombre, pero se enteran que es un barco hospital holandés que brinda servicio sanitario y médico a países que lo necesitan, va hacia el Canal de Panamá con rumbo a la Polinesia, paró por detalles en los motores y calcula resolver el problema en una semana a lo sumo. Gentiles, los holandeses invitan a los habitantes a visitar la nave, y los organizan en grupos de diez para ir a abordarlo. Entre los primeros en ir a visitarlo están Juana y Miguel. Ellos que nunca han visitado ni un barco de pasajeros se impresionan con la limpieza y el confort con que navegan los holandeses. Los llevan primero al comedor del hospital donde les muestran una película de las actividades que realiza el barco y lo que hacen a los lugares a donde va; subrayan que los marinos holandeses en ese barco son de dos tipos; los que tripulan el barco y los que manejan el hospital, y los que manejan el hospital son de dos tipos; los que siempre se quedan laborando a bordo y los que descienden a los puertos o playas en los que van a brindar servicio. También anotan que no porta nadie ningún tipo de arma y que su única misión es ofrecer salud. De ahí les muestran la sala en la que reciben a los enfermos y donde estos son clasificados para pasar a diferentes salas de observación, de atención o de operación; les muestran los miradores que hay en cada una de las salas para que sirva a los estudiosos de la medicina y de la enfermería; les muestran laboratorios y los lugares reservados a la tripulación. Vuelven al comedor, ahí les dan una pequeña clase de holandés consistente en una invitación a incorporarse a la misión, y los despiden después de un pequeño refrigerio.

Medio pueblo asistió a los tours en esos diez días que el barco hospital estuvo anclado frente a Tecolutla reparando un desperfecto en el eje sinfín del timón, de los trescientos habitantes que lo visitaron solo los hermanos Maturena se entusiasmaron con la idea que les presentaron los extranjeros, no tanto porque declinaran sus aspiraciones de ella ser actriz y él ser abogado, sino porque vislumbraron que era la única manera de salir de ese pueblo rascuache. No obstante, según las leyes de México en ese entonces, ellos menores de edad por tener menos de veintiún años, necesitan un permiso especial de sus padres para viajar.

Esos días son para ellos vertiginosamente activos, primero convencer a Timoteo a quien no hay mucho que rogarle porque desde el principio vislumbra que tendrá dos bocas menos que mantener, luego percibe que con sus hijos colocados en barcos internacionales le permitirá también incorporarse más adelante en alguna de esas tripulaciones; la difícil de convencer fue Dominga, que con su trastorno obsesivo compulsivo y bipolaridad tiene días de lucimiento y días de oscuridad, tiene crisis conversivas, fuma tres paquetes de cigarros, Coca Cola todo el día, cuadros de ansiedad y pánico generalizados, que no se toma las medicinas, no entiende de qué le hablan. Timoteo, por su parte, está como autómata y no sabe ni qué hacer, lo peor es que atraviesa por esta crisis mientras le piden su anuencia.

Dominga está ensimismada con la idea de que le robaron un collar de caracoles y que lo andan vendiendo en las playas de Tecolutla, a eso había enviado a sus hijos, a detectarlo. Por eso cuando regresan no quiere oír ni entender de otro asunto; pide explicaciones del collar que tenía porque se lo regaló su madre la noche que fue a bailar zapateado a la plaza y con ese collar de perlas y los aretes de medias perlas (que eran el juego) conquistó a Timoteo, ella no olvida ese remoto recuerdo. Lo que sí olvidó es el ominoso momento en que vendió el collar y los aretes porque con la huelga petrolera la economía se había parado en la región y eso recién era no más de cinco años.

En esa ocasión comenzaban los males de Dominga con su bocio, luego le vino el azúcar alta, según le dijo una enfermera que hacía sus prácticas en los pueblos pesqueros y que le regaló medicinas que a veces tomaba y a veces no, dependiendo cómo amaneciera de buenas y de si el condenado Timoteo no llegaba oliendo a leña de otro hogar.

Porque Timoteo siempre fue putañero. Aún cuando estaba todavía linda la Dominga no dejaba él de sentir la necesidad de regar su simiente en otros vientres y con ello reafirmar su hombría, a veces lo hacía con muchachas del mismo pueblo que había dejado alborotadas, y en una de esas optó por casarse con Dominga. No deja de recordar la última conversación que tuvo con Ninfa, la otra muchacha que era su alternativa para parejear:

—Oye, y ya en serio —dice Ninfa—, qué hubieras hecho tú si hubiera estado contigo, acostada, sin ropa, te hubieras asustado. No hubiera habido agresión, solo amor y ternura, qué me iba a pasar con eso.

—¿Cuándo te traté?, te habría cogido desde luego, pero no te llevé porque temí comprometerme con matrimonio con una mujer que no quería; eso es peor que la cárcel.

—Yo pensé qué serías más prudente, respetuoso.

—¿Tú crees? Mi pareja era Dominga, pero ella estaba en Poza Rica preparando nuestra boda; no, Ninfa, para mí eras un entretenimiento al que no quise entrarle en serio.

—¡Y eso qué! Estamos hablando de tú y yo, y de nadie más.

—No, era riesgoso y que resultaras panzona.

—Para entretenimiento estaba muy exquisita, lo más es que te hubieras quedado prendado de mí. Y yo me hubiera quedado con un Timoteíto o una Ninfita. ¡No me hubieras abandonado, yo lo sé!

—No..., ¿qué parte no entiendes de que yo ya estaba enamorado de Dominga?

—Lo hubiéramos hecho, me habría gustado tener un hijo tuyo y mío. ¡Qué bonito! Y yo con pancita tuya. Ya me enternecí y encariñé con la idea, que sí hubiera podido ser realidad, tener yo una niñita tuya, o un niñito, yo los hubiera amado mucho, porque hubieran sido de mi cuerpo, y de tu sangre, me hubiera gustado conocerlo. Pero iba a ser solo mío, no habría convivencia contigo por lo que me has recalcado antes, hubiera sido en un supuesto caso, accidental, por fuera totalmente de tu proyecto de vida con tu esposa, tuyo sería solo recuerdo.

Por esa conversación Timoteo rehuyó más encuentros con Ninfa y prefirió mejor ir a buscar sexo con las putas de Veracruz, máxime que la última que le presentó Fritz está bien chula y además que debe haberla hecho tan feliz que ni le quiso cobrar.

Por esa razón cuando Juanita y Miguel le han hablado de irse con el barco hospital que llegó no le parece mala la idea. Yéndose ellos, Dominga tal vez se apacigüe y si no lo hace es más fácil mandarla al asilo de Veracruz, y por ir a verla sirve que también pasa la noche con Catalina. Así todo cuadra y da su anuencia. Tres días después, el 20 de agosto de 1939, el barco hospital se hace a la mar llevando consigo a Juana y Miguel.

V. El plan

Los sucesos relatados de los alemanes antes de la guerra son de cuando se daban los entrenamientos y mediciones oceanográficas de la Kriegsmarine en el Golfo de México, en los que participaron, entre muchos más, los capitanes alemanes Reinhard Suhren, Hermann Rasch, Gunther Pfeeffer y Hans-Ludwig Witt, que estaban también entre los oficiales marinos alemanes en entrenamiento que fueron abordados en Wilemshaven en varias ocasiones por la comisión del Proyecto Colonial; en las dos veces estuvo por supuesto Fritz Topp, en la primera con el propósito de darle formalidad y muestra de que el proyecto provenía del alto mando estuvo Franz Ritter von Epp, ya en las sucesivas solamente intervenía Rudolf Asmis.

Desde entonces se les hizo ver la necesidad de reabastecimiento por parte de los buques, tanto en combustible como en vituallas y, por ende, la conveniencia de aprender expresiones básicas de español. En la tercera ocasión, se les mostró la ubicación exacta de la deshabitada Isla Bermeja, en franco proceso de desaparición pero que en ese tiempo tenía una extensión de entre 60 y 80 metros cuadrados, de forma oblonga y con una fuente natural de agua dulce, con vegetación herbácea y carente de árboles o palmeras, si acaso infestada de golondrinas marinas y gaviotas, que dejaban abundante guano. Sitio ideal para constituir una base temporal donde repostar. En la quinta ocasión, se les dieron los nombres de Timoteo Maturena, Refugio Colchero y el capitán Edgardo Crown Tamares, que los conocerían en un encuentro quinientos kilómetros al oeste de Isla Bermeja.

Se sabía que desde antes de que empezaran las hostilidades, de hecho, en 1926 (cuando recomenzaron las actividades de capacitación antisubmarina de la Kriesgmarine) comenzó a haber arribo de *U-Boot* a las costas mexicanas; siempre de noche y con sigilo desembarcaba personal portando información para ser entregada a funcionarios de la embajada alemana, que acudían llenos de temor debido al cariz turbio de sus facciones y a su elemental conocimiento del español. Por eso, sonó alentador en 1936 que conocieron a Fritz Topp Martínez hablando perfecto alemán, arguyendo que venía casi en calidad de refugiado pues en Guatemala donde su familia tenía grandes extensiones de tierra frutal se había visto obligado a vender por el dictador en turno, y con ese capital pretendía establecerse en Veracruz con una empresa pesquera. Herr Schnell, encargado de negocios de la embajada, de inmediato lo invitó a comer en el famoso restaurante Prendes, donde lo atendió con excesiva delectación al ordenarle un filete chemita acompañado de vino *Pinot Noir*, y cautelosamente llevó la conversación a que él fuera el contacto con los capitanes de submarinos que paulatinamente comenzarían a llegar a las costas de mexicanas del Golfo de México.

Una vez establecido y convencido Herr Schnell de que la lealtad de Topp se decantaba más por Alemania que por cualquier país aliado, incluso Guatemala, le expuso lo que tendría que hacer; primero, trasladarse en avión a Ciudad del Carmen, Campeche, donde había de cambiar su indumentaria por una que le brindara aspecto de pescador empobrecido, luego usaría un autobús para trasladarse a Champotón, ahí en la cantina Chenkán se reuniría con otro pescador de nombre Psico, porque entre menos se sepa el secreto es mejor guardado. Él lo llevaría en la noche a Isla Bermeja, cien kilómetros mar adentro, el propósito era llegar antes de la madrugada pues en la penumbra es más discreta la emersión de los submarinos, y más fácil detectar a los barcos patrulleros, sean de México, Estados Unidos o Cuba. Recibiría instrucciones sobre las operaciones a realizar con ellos; la relación con la embajada debería ser de exclusiva competencia comercial y, por lo tanto, a través de él, de Schnell. Quien, para empezar, a su regreso de Campeche, le entregaría un empréstito en marcos alemanes para que registrara su empresa pesquera. Se despidieron cordialmente en la puerta del restaurante, Schnell abordó su coche diplomático y Topp se fue caminando rumbo a La Alameda, que quedaba cerca del hotel en que se hospedaba, el Regis.

En el trayecto fue cavilando de los pasos que debería dar, obligadamente muy cauteloso pues la experiencia con el Mico Ubico lo había enervado sobremanera. Sabía que tenía que establecer contacto con alguien que supiera cosas del mar. Con esos pensamientos entró a su hotel y se sentó en un sillón del vestíbulo viendo hacia la calle, observado sin mirar, cuando de pronto cobró conciencia de un detalle en la zona: había muchos vestidos de azul y muchos vestidos de blanco, poniendo atención se fijó que eran marineros lo cual le llama poderosamente la atención, por lo que volvió a salir a la calle, cruzó la avenida y se fijó que se llama Avenida Juárez, y siguió caminando hacia donde vio mayor concentración de uniformados y en la esquina leyó el nombre de Avenida Balderas y se detuvo en el número 55 donde vio un amplio letrero: «Departamento de Marina de la Secretaría de la Defensa Nacional», apreció que el soldado apostado en la puerta era meramente protocolario y entró a observar. En un tablero de corcho se fijó en «Barcos pesqueros en proceso de registro», y una larga lista de puertos en la que aparecía Campeche, y entre los de este puerto figuraba como permiso denegado uno a nombre de un tal alférez Edgardo Crown Tamares, con domicilio provisional en Hotel Regis de Ciudad de México. Abrió los ojos sorprendido y dio media vuelta rápidamente volviendo sobre sus pasos hasta la recepción del hotel en el que estaba hospedado, coincidentalmente, el alférez Edgardo Crown. El recepcionista lo atendió con mirada aliviada y le hizo ver que se trataba del borracho que ya llevaba toda la mañana libando en una mesa del bar anexo, y que agradecería mucho si lo retiraba pues siendo cliente habitual no les resultaba fácil hacerlo ellos so riesgo de perderle. Fritz entró al bar y localizó al marinero vestido todo de blanco, ya con la ropa ajada y los ojos enrojecidos que molestaba al capitán de meseros, a los meseros y hasta algunos clientes como él que si llegaran a emborracharse podían armar un escándalo mayor que convenía evitar. Edgardo exclamó a voz en cuello, enfurecido: «Yo conozco hombres del montón, que siempre serán del montón, ¿quieren saber por qué? Porque nunca terminan lo que empiezan». Así, una y otra vez fastidiando el ambiente hasta que Fritz, sabiendo tratar con ebrios, se le plantó al frente y le espetó: «Y tú eres uno de ellos». Edgardo entornó los ojos, soñoliento, y creyendo todos que se enfurecería, sucedió lo contrario, prorrumpió en llanto y aceptó diciendo: «Sí... uno del montón, uno más como mi papá por culpa de los pinchis yanquis. Y como yo por culpa del castre maldito que me endilgaron en la naval».

Fritz se sentó junto a él, lo abrazó reconfortándolo como si tuvieran mucho tiempo de conocerse, le ordenó una copa y, sin que nadie se diera cuenta, le escurrió un polvillo en la bebida, brindaron de nuevo, ya el marinero estaba en la etapa de la borrachera en que se brinda con extraños, luego lo hizo firmar lo que había consumido con cargo a su cuarto. Trastabillando por los pasillos y escaleras como dos buenos amigos, lo condujo a su habitación del tercer piso que daba a la calle; él estaba hospedado en otra del segundo, que no daba a la calle.

Entró y sin necesidad de encender la luz porque las luminarias de la calle eran suficientes para alumbrar medianamente el cuarto, se dejó caer sentado sobre la cama arrastrando junto con él al alcoholizado Edgardo y ambos cayeron de espaldas, aún abrazados, permaneciendo quietos. De pronto voltearon a verse sonrientes y les dio un ataque de risa que no impidió que ambos se tocaran la cara como diciendo, ¿esto es real o estoy soñando?

Crown, estimulado por el alcohol ingerido, fue el que se animó primero y bajó la mano a la entrepierna del trajeado mulato que tenía a su lado, y recordó que el castre que le dieron en la Heroica Escuela Naval Militar de Veracruz consistió precisamente en eso, en obligarle a agarrar las entrepiernas de los cadetes de tercer año y someterse al lanchero Refugio Colchero en la playa Antón Lizardo, quien lo trató con brusquedad, lo que lo asqueó y lo decidió a desertar. Esta vez la sensación era diferente. Este afro no le estaba obligando a nada y solo se dejaba hacer; animado por la quietud de su acompañante, desabrochó uno a uno los botones bragueteros mientras ansioso buscaba la boca de Fritz, que mostró una sumisión conveniente y respondió a las caricias de su nuevo amigo. Se dieron un beso ardiente de lengua astringente hasta el paladar, y ya en posesión manual de un miembro viril casi enhiesto, Edgardo con su otra mano comenzó a desabotonar la camisa del pasivo y bajó paulatinamente su boca lamiendo el pecho, las tetillas, el ombligo y, finalmente en modo triunfal, tomó el negro pene de Topp firmemente erecto con ambas manos y se lo introdujo en la boca. Hecho esto, procedió él a desabotonarse a sí mismo a la vez que no dejaba la labor de chupa y succiona, chupa y succiona, y procedió en cuclillas a quitarse los calzones y entonces se levantó mostrándole su propia verga parada y endurecida. Ambos apresuradamente comenzaron a desvestirse y estando los dos desnudos tiraron de la colcha de sobrecama, se arrojaron a la cama y retomaron las caricias ahora con mayor vigor. De pronto Fritz, con toda suavidad, empujó el hombro de Edgardo para que se volteara de lado primero, y boca abajo después, procurando ponerlo de rodillas sobre la cama, mientras él se incorporaba para penetrarlo rectalmente, notando que tenía un gran lunar rojo entre las nalgas, justo debajo de la rabadilla. Edgardo cedió complacido y abrió sus piernas para procurar que su ano quedara más expuesto a la inminente acometida de Fritz, que ensalivando su glande lo hundió con suavidad en las entrañas del marinero borracho, que a su vez se masturba mientras era empujado, lentamente primero, adelante, atrás, adelante, atrás, adelante, atrás, cada vez más profundo, cada vez más grueso. De pronto las embestidas se tornaron furiosas y los quejidos de placer de ambos no se hicieron esperar; dos minutos en que literalmente aúllan ambos cuando la eyaculación sobrevino en los dos casi al mismo tiempo. Y se derrumbaron en la cama los dos adormilados. Edgardo se quedó profundamente dormido.

Fritz no, tomó del buró un papel y escribió: «Descansa mancebo amigo mío, nos vemos mañana en el comedor a las 9:00 para desayunar». Lo dejó encima, junto a la lámpara, tapó a quien yacía dormido, y él a vestirse para salir quedamente del cuarto e irse al suyo, donde se dio un vigoroso baño y lloró de vergüenza por las cosas que tenía que realizar en nombre de la patria aria que le va a adoptar.

En lo que se jabona planeó qué hará al día siguiente. En primer término, no mencionarle a Crown el momento que acababan de vivir a menos que fuera absolutamente necesario, y lo haría aludiendo al gran lunar rojo que le descubrió. La maniobra debía consistir en dejarle saber que vivían problemas comunes que juntos podrían enfrentar y ayudarse mutuamente. Uno carecía de barco para capitanear y el otro, de capitán para navegar. Los dos estaban ansiosos de hacer dinero.

Por eso cuando el alférez llegó al restaurante, fresco y fragante, vestido totalmente de blanco y con quepí, supo Fritz que tendría su capitán. Después de los saludos de rigor y de despachar unos huevos motuleños, decidieron dar un paseo por La Alameda; cada uno encendió un cigarro y Fritz comenzó la explicación, de que contaba con capital suficiente con el fin de hacerse de una flotilla de barcos pesqueros y operar en costas de Tabasco y Campeche, y que necesita de un oficial con conocimientos de navegación para reclutar marinería.

Entusiasmado Crown Tamares aceptó, y presto preguntó cuál sería el primer paso. Fritz le expuso que saldrían de inmediato a Villahermosa, Tabasco, que habría que cambiarse de ropa para viajar, Edgardo argumentó tener nada más ropa de oficial marinero.

—No importa —le contestó Fritz— de todos modos en Villahermosa he de cambiar de atuendo, allá adquirimos para ti.

Regresaron al hotel, cada uno a su habitación a preparar un pequeño maletín de viaje, y a punto del mediodía estaban en el aeropuerto para tomar un DC-2 que los llevaría a Villahermosa. Aquí tuvieron un inconveniente porque Richard Hofmann, el piloto, estaba avisado de que tendría un pasajero no dos; así que el piloto se vio en la necesidad de llamar a la embajada y conversar con Herr Schnell, que a su vez pidió hablar con Fritz y este tuvo que explicar la necesidad de contar con un marino experto en navegación. No muy convencido aceptó con ciertas reservas, pidió hablar de nuevo con el piloto, que siendo alemán y piloto de la Luftwaffe recibió en clave la instrucción de sumarse en Villahermosa al viaje a Isla Bermeja, y de liquidar a ambos si notaba algo sospechoso. Hofmann autorizó la salida y antes del atardecer estaban aterrizando en Ciudad del Carmen. Sin tomar hotel fueron directo a comprar ropa holgada y oscura, para luego salir a Champotón, donde ya el marinero Psico estaba notificado de que habría dos pasajeros más. Este los recibió taciturno, con la visera de la gorra quepí ocultándole los ojos y enfundando en un gabán con la solapa hasta las orejas; misterioso el hombre, pues.

En su ambiente marítimo Crown tarareaba «en el mar la vida es más sabrosa», cosa que agradaba a Psico que los conducía. Crown intentó hacerle plática y le preguntó su nombre, y este volteando a verlo —sin hacerlo propiamente por su marcado estrabismo, de modo tal que tenía que cabecear para fijar por momentos un ojo y luego el otro, ya que con ninguno lograba enfocar— dijo: «No recuerdo mi nombre, solo sé que me llaman Psico, dicen que porque estoy loco…». La respuesta sonó de tal modo airada que Crown ya no insistió, el aviador Hofmann iba vigilante, inquieto, y Fritz por su parte comenzaba a marearse. Fueron cuatro largas horas de navegación en un mar calmado y sin viento, de pronto en el horizonte comenzó a verse una mancha blanca que poco a poco se fue agrandando, sin llegar nunca a extenderse más allá de lo que mide una manzana habitacional; no había playas y el borde de la isla era rocoso con un metro de altura cuando mucho desde la superficie del agua, otras zonas eran de medio metro, el marinero Psico fondeó con cuidado al lado sur y dijo «ahora esperemos». Sacó de la cabina una vieja cafetera que puso a hervir y una bolsa de huevos duros fríos que invitó a compartir; nadie se puso remilgoso y comenzaron a pelar huevos, el piloto alemán reconvino al primero que intentó tirar las cáscaras al mar y lo obligó a recogerlas y depositarlas en un viejo periódico que se encontró. Más tarde que temprano, del lado norte de la isla se vio una luz que salía de un tubo, luz que alumbraba en varias direcciones hasta que finalmente comenzó a izarse transformándose de un simple tubo en dos, en tres, luego un largo cilindro, después una ancha tina y por el lado de proa un cañón y a popa una ametralladora, y finalmente todo un barco; junto a la ametralladora se abrió una escotilla y salió un hombre barbado con pistola fajada al cinto, luego otro desarmado que tomó posesión de la ametralladora y dos más armados con fusiles, entonces repararon que en la proa también había un grupo similar posesionados del cañón. El más alto de todos brincó a la isla y comenzó a caminar rumbo a ellos, escoltado por dos fusileros. A voz en cuello y en español enchichado comenzó a gritar: «Señor Topp, ¿está ahí?». Por lo que el señor Topp, o sea Fritz, brincó a su vez a la isla acompañado por el piloto Hoffman y comenzaron a caminar hacia el norte, los dos con la cabeza descubierta. Al encontrarse más o menos junto a una fuente de agua se escudriñaron ambos grupos y Hans Whitt, capitán del submarino, no pudo reprimir un medio gesto de sorpresa al ver al negroide hablando alemán, aunque de inmediato se reprimió, aún más al identificar al piloto y acreditarse los dos como oficiales de la *Wehrmacht*. Dirigiéndose a Fritz señaló: «Me dicen que usted será nuestro enlace en lo sucesivo para comerciar con los nativos mexicanos, por tanto le entrego esta lista de las necesidades de nuestras tripulaciones cada que establezcan contacto, del mismo modo en la segunda hoja viene una relación de las fechas aproximadas de contacto de los siguientes *U-boot* que vendrán, y de una vez le digo que habrá necesidad de buscar otro lugar para los encuentros porque esta isla cada vez se hunde más, calculo que antes del año habrá desaparecido; el agua de la que nos hemos estado abasteciendo cada vez tiene mayor sabor salobre y eso es señal de rupturas del manantial, que lo invade el agua del mar», y sacando de su bolsillo un papel se lo entregó: «Por ahora adiós, buenas noches y *Heil Hitler!*».

Se cuadraron, taconearon, levantaron los brazos al estilo nazi y, sin mediar más palabras, los cinco dieron media vuelta en dirección de sus embarcaciones. Quince minutos después, el submarino había desaparecido y el lanchón emprendió su retiro hacia Champotón a donde llegaron alrededor de las 10 de la mañana. Buscaron autobús a Ciudad del Carmen, y tres horas más tarde tomaron el vuelo de regreso al D.F. Es en el trayecto en el que Fritz, flanqueado por Edgardo, sacó la lista y se dieron cuenta de que en la primera hoja, en primer término, figuraba la palabra agua potable, luego fruta, avena, enseguida carne y, por último, grasa de cerdo. La segunda hoja mostraba fechas en meses alternos a partir del que corría y, por último, en la tercera hoja decía escuetamente, en letras mayúsculas, DIESEL. Comenzaron a dialogar, y es Crown quien sacó el as de la baraja al señalar que el mejor lugar para hacer esas operaciones era en las costas de Veracruz, donde él conocía marineros y pescadores que podían apoyarles; en Campeche él no tenía a nadie y se verían forzados a depender demasiado del marinero Psico, el que los llevó a la isla; en cuanto al diesel, tendrían qué ver dónde y cómo conseguirlo.

Llegando al aeropuerto se trasladaron al Regis y se fue cada uno por su cuenta a descansar y asearse. Edgardo tentado estuvo de buscar a Fritz pero se contuvo. Por la tarde recibieron la visita de Herr Schnell, a quien le indicaron los detalles de su viaje reciente y eso hizo reflexionar al encargado de negocios, que tuvo que pedirles un día más para darles instrucciones a seguir. Eso le abrió la puerta a Edgardo e invitó a Fritz a cenar, y ahí se contaron sus cuitas; el guatemalteco al notar lo insinuante que estaba el alférez lo paró en seco: «Momento, lo que pasó anoche fue un consuelo que te quise ofrecer, yo no soy homosexual y no esperes que prosigamos con ese tipo de relación; limitémonos a sacar adelante nuestros proyectos comerciales, hagamos dinero y con el tiempo ya veremos cómo nos ubicamos».

Edgardo quedó estupefacto, esa actitud no se la esperaba, pero no tuvo otra que resignarse y ya no insistió. Desvió la conversación hacia el hecho de que en sus tiempos de cadete había conocido, sin mencionar cómo, a un lanchero de nombre Refugio Colchero que, como él, su aspiración era trabajar para la marina mercante, oportunidad que no se le había presentado por su gordura, si bien no es excesivamente obeso sí lo suficientemente pasado de peso, y por eso cuando había intentado enrolarse lo descartaban, aparte de que no tenía papeles que lo acreditaran como marinero; así que piloteaba un lanchón como el de Psico, el que los movió en Champotón.

—Yo creo que en él nos podríamos apoyar para encontrar un buen sitio donde recibir a los submarinos, sin que nos cueste mucho trabajo mover la carga de víveres y agua que nos piden… ahora que para lo del diesel, sí va a estar más pelón —comentó.

No abundó en las otras experiencias que había tenido con el lanchero 10 años atrás, en la playa Antón Lizardo un amanecer entre las pangas volteadas de los pescadores, debajo de los chinchorros puesto a secar la tarde anterior.

—Bueno, estemos a la espera de lo que nos diga Schnell mañana, quedó de estar aquí temprano. Vayámonos a dormir para que descansemos bien del viaje que acabamos de hacer —completó Fritz.

Schnell por su parte andaba excitadísimo, hablando con su superior el embajador, intercambiando telegramas cifrados con Madrid, de donde a su vez desde otro punto cablegráfico se comunicaban a Berlín y con esas triangulaciones, las transcripciones y las interpretaciones pasaron toda la noche. Por la mañana ya tenían instrucciones precisas: el enlace para conseguir el diesel sería Mr. J.R. Garfield, gerente de la *London Trust Oil-Shell* El Águila con domicilio en Poza Rica, Veracruz, cosa que les hizo saber a Fritz y Edgardo en cuanto desayunaban en el Regis, a la vez que le entregaba a Fritz un maletín con una cantidad exorbitante de dólares.

Se despidieron y quedaron que ese mismo mediodía tendrían disponible el DC-2 con Hofmann para volar a Poza Rica; cada uno se fue a su cuarto a recoger su equipaje, pidieron la cuenta, pagaron y se fueron al aeropuerto. Eran las cinco de la tarde cuando estaban aterrizando en el aeropuerto de Poza Rica. Para la noche estaban en su hotel esperando el arribo de Mr. Garfield.

Este llegó en un flamante coche convertible conducido por un chofer, los encontró sentados en sendas mecedoras del vestíbulo y con prisa pidió que ordenaran algo de cenar y de beber para servicio al cuarto y subieran a su habitación con la idea de tener mayor privacidad. Una vez ahí, les comentó que él era ciudadano inglés, muy allegado al rey Eduardo VIII y ambos simpatizantes del régimen nazi de Adolf Hitler, que había sido contactado por la embajada y tenía la invitación para establecer negocios económicos con ellos y que habiéndose él expresado en términos tan claros, esperaba lo mismo de parte de ellos por lo que les pedía se identificaran y explicaran sus intenciones comerciales.

Habiendo llegado la cena y las bebidas todo transcurrió miel sobre hojuelas, charlaron como si se conocieran de toda la vida y coincidieron en precisar que si bien nunca se habían visto, sus intereses eran comunes por lo que podían confiarse plenamente los planes a desarrollar.

Garfield convino en acompañarles al día siguiente a un banco de la localidad para depositar los dólares, luego llevarlos a Túxpam a procurar la compra de barcos y establecer ante la capitanía el convenio de explotación pesquera; todo, legalmente para no despertar suspicacias.

—Debemos ir primero al notario para formar una sociedad anónima en la que los principales accionarios y fundadores seamos ustedes dos y yo...

Aquí fue cuando Fritz abrió más la baraja enseñando sus cartas diciéndoles: «He de dejar sentado que ya yo poseo seis barcos pesqueros que tengo por el momento anclados en Guatemala, bienes que no formarán parte de esta sociedad, así como supongo que sus bienes accionarios petrolíferos tampoco forman parte de esta operación», dijo dirigiéndose a Garfield, y no sin cierta sorna prosiguió mirando a Crown: «Tú, Edgardo, no sé aún qué acciones económicas has desarrollado antes».

Edgardo enrojeció de ira, de vergüenza ante la humillación de saberse pobre o, como dijera treinta años después don Jesús Reyes Heroles «por ser no económicamente poderoso», un pobretón a las órdenes ahora de sus nuevos patrones. Sin embargo, sin tartamudear, replicó: «Yo tengo los conocimientos de navegación y los contactos con los medios marineros, o sea, soy los remeros de nuestros barcos».

—Correcto —continuó Garfield—, tú eres nuestro socio trabajador, por eso estableceremos nuestras acciones al 40 % yo, 40 % Fritz, y tú Edgardo, puesto que no arriesgas capital, el 20 %.

El trato no fue del agrado de Crown, y siguieron discutiendo mínimo tres rondas de copas más, y como el alcohol suaviza los términos, finalmente quedaron en 30-30-30, dejando 10 % para engolosinar a los marineros que contratarían en sus operaciones.

Conforme lo acordado, entrada la mañana estuvieron con el notario donde dejaron instrucciones para elaborar la escrituración de Pesca Agro Industria, S.A. de C.V. (PAISA), con las disposiciones descritas y cien bonos por valor del 10 % del capital. De ahí fueron a Túxpam a una empresa astillera, en la que lograron adquirir una flotilla de ocho barquitos pesqueros, seguidamente a la capitanía de puerto a registrar sus actividades comerciales, de acuerdo al número seriado que en la notaría les asignaron. Debido a la fama y seriedad de Mr. Garfield, los trámites se abreviaban sin necesidad de presentar los documentos que obligaba la ley; cierto que influía la persona de Garfield, así como la consabida untada de manos durante los saludos de rigor.

Saliendo de la capitanía fijaron en un tablero de corcho una convocatoria de contratación para marineros interesados en la pesca. De entre los primeros en leerla estuvieron Timoteo Maturena y Refugio Colchero. También entre los primeros en registrarse ante la capitanía como marineros socios de PAISA estaban ellos, pues el costo de los bonos sería descontado de la nómina y pagaderos en un plazo de diez años.

Comenzaron a trabajar y en efecto salían a pescar, originariamente. Poco a poco, en ocasiones, uno a uno los barquitos eran cargados con otras mercancías y llevados a otras rutas cerca de Champotón; se corría la voz entre la marinería y se extendía el compromiso de guardar silencio para preservar el buen éxito de la compañía, al fin y al cabo, ellos —los marineros que se enrolaban— eran socios y, por ende, cómplices, y eso les hacía sentir relativo orgullo. No percibían por supuesto ser traidores a la patria.

Desde que conocieran a Hans-Ludwig Witt nunca más le vieron, trataron con un número indeterminado de capitanes alemanes, y más con los capitanes de piratas antillanos y caribeños que se acercaban al golfo para huachicolear.

Luego se vino la huelga petrolera, los hechos de explotación de los yacimientos y de la fuerza de los trabajadores son objeto de la historia, el presidente de la República nacionalizó el petróleo con toda la estructura de la industria; se inconformaron los ingleses, los holandeses, los franceses, los gringos, bueno, hasta los chilenos que «ni vela tenían en el entierro», pero México estrechó las filas en torno a su presidente y entonces los huachicoleros cambiaron de objetivo; ya no era robarle a los extranjeros, era robarle a los mexicanos, el saqueo continuó, la piratería prosiguió, Isla Bermeja por fin se hundió, y un mal día de 1939 comenzó la guerra entre las naciones de Europa, y los arribos de submarinos alemanes se incrementaron un poco. México, aliado comercial de Estados Unidos, no podía sustraerse al conflicto y aumentó los embarques de petróleo a las refinerías estadounidenses e inglesas, lo que contribuyó a mejorar sus relaciones con esos países, más adelante México comenzó a adquirir su flota de barcos petroleros, y entre las operaciones que realizó para hacerse de ellos sucedió el infortunio de que el Tine Asmussen, en una entrada que dio a dique seco en Coatzacoalcos para ser calafateado, fue detectado por el departamento de marina e incautado para ser puesto a disposición de Pemex, ahora con el nombre de Juan Casiano. El alemán J. Altermann, propietario original del Tine Asmussen, sin declarar que lo tenía en arrendamiento por 20 años a particulares, vendió el buque a Pemex y se armó gran conflicto pues los arrendadores —que no eran otros que los ya descritos que se constituyeron en Poza Rica—, demandaron la posesión del barco, y siendo PAISA una compañía mexicana, se tuvo que establecer un contrato de comodato leonino en que, si bien el barco era propiedad de la nación, su operación quedaba a cargo de la tripulación que PAISA decidiera. Para evitar problemas con ese buque, se acordó que lo capitanearía el alférez Edgardo Crown Tamares, quien procuraría que se hicieran las operaciones que a la compañía convinieran.

PAISA aún se atrevió a comprar un barco más, un velero de dos palos al que en honor al marinero Psico que los movió de Champotón a Isla Bermeja, decidieron ponerle el nombre de Psycho. De modo que con los cuatro barcos, Juan Casiano, Tierra Colorada, Tavares y Psycho, operaban impunemente vendiendo huachicol sobre todo a los alemanes.

El mecanismo ha sido descrito: rumbo a Estados Unidos los barcos de Pemex van cargados de petróleo crudo, desfogan en Houston o Nueva Orleans y luego son cargados con gasolina y diesel, y regresan bordeando la costa rumbo a Tampico y Coatzacoalcos; ese es el acuerdo de bitácora. Pero los barcos de PAISA de vez en vez, con tripulaciones amañadas, registran en bitácora menos tonelaje del que llevan, y en ocasiones pretextando mala orientación, y otras sin tener que argüir nada, el barco se aleja de la costa y entra mar adentro donde se reúne con los submarinos alemanes a los que provee de diesel, esencialmente. Regresa a su derrota y llega entregando la carga registrada en la bitácora. Hacer

esto implica que toda la tripulación está convenida y monetaria-
mente convencida de los beneficios que a todos reditúa.

Estas operaciones duraron varios años, hasta que en diciembre
de 1940 sucedería la transición presidencial y entraría el general
Manuel Ávila Camacho, que atendiendo la sugerencia cardenista
de nombrar al general Heriberto Jara como jefe del departamento
de marina, lo hizo y se desentendió del asunto; Lázaro Cárdenas
se retiró a Jiquilpan a descansar.

VI. La ruptura

En 1941 el barco Tine Assmusen estaba ya incautado de la sociedad formada con Garfield, navegaba con el nombre de Juan Casiano, junto con el resto de la flota huachicolera —Tierra Colorada, Tavares y Psycho— y operaba guarnecida. El guatemalteco Fritz insistía en su inminente nuevo viaje a Alemania, al parecer su primo Erich Topp les había hecho ver la conveniencia de comenzar a implementar la Operación Colonial y requerían de los barcos necesarios, y decía a Garfield enfáticamente: «Por eso te aviso ahora que empieza mayo de 1942, con la suficiente oportunidad para arrancar, el Tavares en su siguiente viaje que haga a Vigo continuará hasta Whilemshaven, haciendo las debidas escalas que por seguridad establecerá con el pretexto de comercio entre Alemania y España. Por eso es necesario desamortizar los intereses de PAISA con su barco, y esto le hace sentirse abrumado por los gastos que han enfrentado y la mengua en los ingresos, dado que las tripulaciones corruptas han estado paulatinamente siendo enrolados y enviados a operaciones navales con sus países de origen, máxime los estadounidenses que están en plena guerra…. aunque ya no sé si debo contarte lo demás puesto que eres inglés, y pues tu patria y la de mi padre están en guerra».

—Espérate, Marco Fritz —Garfield se prendió de inmediato—, que yo sea inglés no obliga a que mis intereses comerciales se detengan, no estoy en la guerra activa, no sé para cuándo acabe esto, ya Hitler desde septiembre ha estado bombardeando Londres y eso me hace pensar que quizá Inglaterra pierda la guerra. Además, he sabido que el Rey de Inglaterra, el que renunció al trono en diciembre de 1936 por una vieja, simpatiza con Hitler. Si Alemania gana la guerra, seguro le devuelven el cetro y la corona.

—Bueno —prosiguió Fritz, ya entusiasmado—, una vez que comience la operación que te comentaré enseguida, sugiero que Tierra Colorada se lo entregues al general Díaz Prieto, que Psycho siga la ruta del Tavares, y a ver si se puede recuperar la posesión del ahora Juan Casiano. Mira, la vigilancia de las mentadas lanchas esas de la marina de México ya estorban mucho, y los alemanes están pensando muy seriamente en tomar medidas bélicas contra los barcos que no dejan de llevar petróleo a Estados Unidos. En mis conversaciones que he sostenido en La Habana con Enrique Luni, que se comunica por telégrafo directamente a Berlín, les he convencido de que con una insignia muy especial que colocaremos en nuestras barandas ellos desistirán de atacar los barcos, pero si no ven la insignia, atacarán —concluyó seguro de lo que afirmaba.

Gardfield mirándolo con gravedad solo acataba a asentir con la cabeza, pero preguntaba cuál sería esa insignia que se usaría y pasaría inadvertida a los mexicanos.

—Una muy sencilla —le contestó Fritz—, la imagen de la Virgen de Guadalupe para lo cual he tenido a bien mandar imprimir en Ciudad de México, donde es común que esto se haga, 16 imágenes en lonas de dos por tres metros, que provistas de unas perchas adecuadas serán colgadas en las barandas de babor y estribor en cada barco; mandé hacer dos juegos para cada navío por si acaso en la inesperada situación de que alguna mal colocada se desprenda y caiga al mar.

—Por eso, en previsión de cualquier contingencia, procuremos que estos días estén cerca de La Habana sin operar nuestros cuatro barcos —precisó Fritz—, hasta que les podamos dotar a cada uno de las imágenes correspondientes. Hay que avisar a Edgardo y a Juan para que no naveguen.

Mientras tanto, Lázaro estaba atento al desarrollo de la guerra desde su finca campestre. Recordaba con precisión la noche que se bañó en la playa Riachuelos, eran fines de 1940 y sus investigadores se habían informado que esa noche dos capitanes de *U-Boot* habían entrado en contacto con Timoteo Maturena, que no habían logrado repostar en Cuba por lo que declinaron la mitad del aporte de diesel, pero necesitaban hacerse de fruta fresca para prevenir el escorbuto, por eso se atrevieron a ser más descarados tan cerca de la playa. Así Cárdenas, con la anuencia del general secretario de la defensa nacional, Pablo Macías Valenzuela, comenzó a asesorar a Heriberto Jara en las operaciones del departamento de marina; acordaron implementar el plan DM-LP Golfo (Departamento de Marina-Lanchas Patrulleras del Golfo) que consistía en hacerse de diez lanchas con dos motores fuera de borda a la que le acoplaban una ametralladora pesada M2 en la proa, y tripulada por tres marineros recorrían las costas de Veracruz y Tabasco. Consideraba él que los barcos ya en aguas territoriales estadounidenses estaban seguros, por eso asombrado leía las noticias del drama que vivió el Potrero del Llano el 13 de mayo de 1942.

El capitán Juan Ávalos Guzmán, como buen comodino, se contrataba con Pemex o con PAISA y en esta ocasión fue llamado el 7 de mayo para llevar el buque a la costa norte de la península de Florida, a un puerto que se le haría saber por telegrafía en cuanto diera aviso de estar saliendo del Golfo de México. Eso constituyó un primer percance porque no le daría tiempo de modificar la derrota y descargar parte del fluido en alguno de los buques pirata de PAISA, ya fuera el Tierra Colorada, Tavares o Psycho, por eso fue que Fritz Topp envió un telegrama encriptado a Edgardo Crown, para conocer la ubicación exacta de esos barcos a partir del 10 de mayo, y Crown le contestó también encriptado, pero lacónicamente:

«OPERACIONES SUSPENDIDAS PUNTO RETEN
BARCOS PUNTO ALEMANIA ATACARA BARCOS
MEXICANOS SIN INSIGNIA PUNTO INSIGNIAS
EN MI PODER. HH FRITZ TOPP»

El mensaje alarmó a Ávalos y se fue a la capitanía de Coatzacoalcos a declinar el contrato, aprovechando el pánico existente debido a que desde diciembre las noticias sobre hundimientos de barcos, incluso un portugués y otro español, países neutrales en la guerra; además, desde enero no faltaba barco panameño que era reportado como atacado, nada menos en abril seis habían sido hundidos, y él sospechaba que los alemanes no dejarían de atacar barcos mexicanos; sus cómplices, los oficiales que siempre navegaban con él, así como ocho de sus marineros huachicoleros, que ya estaban siendo enrolados, todos declinaron su contrato. La capitanía de puerto ante las renuncias solicitó discreción y el mayor de los sigilos a los desertores, lo cual no se logró porque siempre hay alguien que se va de boca y así de boca en boca relucen los secretos.

Total, que para el 9 de mayo aquello ya era un alboroto, la mayoría de la marinería se negó a navegar, máxime sabiendo que ya se habían rehusado el capitán Ávalos y los tres oficiales de mando; sin embargo, Fritz Topp no lo hizo, lo que no dejó de llamar la atención de Ávalos. De ese modo, la marina armada designó como capitán al teniente de navío Gabriel Cruz Díaz, como segundo de abordo el teniente de fragata Rafael Castelán Orta, y como operador de radio al guardiamarina Enrique Andrade Díaz, además 11 marineros de Pemex a los que se les prometió doble paga.

El barco se hizo a la mar puntualmente el 10 de mayo a las 20:00, al muelle fueron a despedirlo las recién festejadas madrecitas de los tripulantes, así como parte de la población que expectante estaba de la derrota que seguiría el buque, en ruta directa a Cayo Hueso para luego, bordeando la costa de Florida, llegar al punto que se les indicaría por cablegrama.

Mientras tanto, las comunicaciones entre Fritz Topp en México y Enrique Luni en Cuba sobre las retenciones en alta mar hechas a los barcos pirata, Tierra Colorada, Tavares y Psycho, se tornaban cada vez más frenéticas de tal modo que ellos ya estaban enterados desde un día antes que ese barco en particular sería hundido con el pretexto de no estar correctamente identificado.

El capitán Cruz, como buen militar, no escatimó precauciones; ordenó encender todas las luces del navío, con especial iluminación sobre la bandera a los costados. Cruzaron las aguas del Golfo sin novedad pues no siendo temporada de lluvias los días eran claros y el oleaje calmo. A causa de la merma en tripulación, les eximió de la rutina de inspección en los camarotes y distribuyó las tareas de forma que la tercera parte de los marineros tendrían su turno de ocho horas de sueño; los turnos de tarea de veinte hombres cada uno, excepto los oficiales que les exigió permanecer en el puente de mando junto con el piloto; ahí debían trabajar y dormir, descansar y vigilar, saliendo únicamente para un rondín cada cuatro horas. Del resto de los hombres en activo, sus labores eran la sala de máquinas, la vigilancia de la presión en los tanques de almacenamiento, la cocina, el comedor y, desde luego, los vigías.

Los vigías eran seis, uno en cada extremo (proa y popa) y dos en cada costado y, ciertamente, esta encomienda es un tanto cuanto aburrida y ociosa; estar viendo el infinito del mar por largas horas, cansa y duerme al más tecolote. Por eso se asignó a otro marinero adicional a quien dieron en llamar «el despertador», su función era recorrer uno a uno los seis puestos de control para procurar mantener despiertos (sobre todo de noche) a los vigías; llegar, charlar con ellos, beber un poco de café, tal vez fumarse un cigarrillo, dejarle avispado y pasar al siguiente, a la misma rutina. Esta labor era relevada cada cuatro horas para evitar el tedio.

La verdad, el capitán Cruz y sus oficiales no creían estar en la mira de un ataque, convencidos de que México era un país neutral que se veía en la necesidad de comerciar con su vecino del norte; era evidente a todas luces, y convencidos estaban de que los ataques a los buques panameños respondían a que en ese entonces Panamá era un país beligerante, junto con la mayor parte de los países de Centroamérica. No obstante, la vigilancia era constante.

Así se introdujeron en el Estrecho de Florida, avistando Cayo Hueso como a las 12 del día y fue cuando más seguros se sintieron, de un modo o de otro estaban en aguas teóricamente supervigiladas por Estados Unidos.

La noche del 13 de mayo, mientras cenaban el capitán y sus oficiales, el guardiamarina Enrique Andrade le comentaba que había interceptado un mensaje raro que al parecer no tenía pies ni cabeza, e inmediatamente después otro escueto y en alemán, diciendo *verstanden*[4]. Si ellos supieran interpretar el mensaje encriptado habrían descubierto que era del espía nazi en La Habana, Enrique Luni, a los comandantes de submarinos que pululaban en la zona, y la respuesta en alemán fue del comandante Reinhard Suhren del U-564; el U-506 y el U-507 estaban atareados hundiendo barcos más al oeste del Golfo.

Al sureste de Miami debía estar en operación el velero Psycho, en espera de la carga del Potrero del Llano, pero estaba retenido junto con el Tavares y el Tierra Colorada al norte de La Habana por el USS Tethis, barco guardacostas de Estados Unidos en comisión en el puerto cubano, que a su regreso había detectado los barcos de bandera mexicana con instalaciones adecuadas para estibar combustóleo, y los dos barcos de vapor estos sí absolutamente petroleros, pero todos vacíos; habían sido abordados y estaban en inspección, apoyados por una cañonera cubana.

Reinhard Suhren no había logrado el contacto con estos buques nodrizas, y navegaba bajo la superficie precisamente desde el rumbo contrario, bordeando la costa de Florida después de haber rodeado Tampa, erizada de minas por albergar los astilleros y siderurgias que comenzaban a trabajar de modo inusitado.

Suhren sabía que debía emerger a recargar baterías, renovar el aire viciado, pero deseaba más presas; condenó a las profundidades del Golfo de México ya a dos ingleses: el Ocean Venus y el Eclipse;

---

4 Entendido, en alemán.

a dos estadounidenses: Delisle y Ohioan; el panameño Lubrafol, y ahora el destino le ponía en su camino al Potrero del Llano.

La tripulación del submarino estaba alborozada y el oficial segundo Hans-Ferdinand Geisler ansioso de acometer su primer ataque, había estado atento a las indicaciones anteriores y precisado los pasos a seguir. Primero, enfilar la proa hacia el objetivo, luego descender la popa, nivelar la vertical, calcular la distancia al objetivo, estabilizar el balanceo de la nave, ajustar la velocidad del torpedo, calibrar el ángulo de ascenso y, sobre todo, estar atento al sonar para prevenir presencia de destructores, finalmente disparar uno, dos, tal vez tres torpedos, dependiendo del tonelaje del condenado, descender el periscopio y esperar el sonido de los estallidos que anunciaran el éxito de la operación.

Su *Kapitänleutnant* (grado oficial del grupo jerárquico de los capitanes de la Bundeswehr alemana), había prometido permitirle dirigir el próximo ataque, y por eso en cuanto el submarino emergió por fin en medio de la lóbrega noche fue el primero en subir al puente y atisbar el horizonte, detectando de inmediato, lejos y por momentos pequeña, una luz fija, con curso norte, por lo que sin sospecharlo supuso que se trataba de un pescador o de su buque nodriza, no obstante lo registró en su bitácora personal.

Con el motor a toda máquina, el U-564 se acercaba a la costa de Florida, por supuesto sin luces y con ocho pares de ojos mirando en todas direcciones para prevenir un ataque, solo una mirada estaba puesta en la luz que avanzaba a media máquina hacia el norte y que no era otro que el Potrero del Llano, navegando confiado en que siendo un buque de un país neutral no corría ningún peligro. Ese par de ojos detectó de pronto una luz intermitente proveniente del objetivo y se percató de que eran señales luminosas, por lo que dio aviso al contramaestre y este interpretó el mensaje, fue Fritz Topp quien notificó ser guatemalteco-alemán a bordo de barco mexicano y que requería rescate.

De ese modo, en el barco mexicano, mientras uno de los oficiales se encontraba totalmente dormido y el otro recostado en sus catres de campaña, instalados en el puente de mando, de pronto oyeron el grito de uno de los vigías de estribor «¡torpedooo a estribooor!», seguido por el otro vigía que gritaba desgarradoramente «¡nos atacan, nos atacan!». Gabriel Cruz, el capitán, pegó un salto al ventanal de estribor y claramente vio por primera vez en su vida directo, debajo de sus ojos, la gélida imagen de una bala gigantesca que iba a impactar su barco justo bajo sus pies, el segundo de abordo ya no alcanzó a levantarse de la litera para ver nada, el telegrafista dormido se encontró al caos y el piloto nada más alcanzó a decir «¡ordene mi capitán!».

Ya no hubo tiempo de dar órdenes, una explosión debajo de ellos, provocada por el torpedo que impactó justo contra la cocina y comedor en el momento en que se consumía el refrigerio de medianoche; los pocos que había decidido comerlo ahí junto con el cocinero intentaban abandonar sus puestos pero las llamas y el agua, que en caudal entraba, se los impidió. Despertaron confundidos los marineros en el camarote de estribor, en el primer piso de la superestructura; en el fragor de la explosión vieron pasar desde arriba a su capitán con los ojos prácticamente exorbitados, así como a los oficiales y al piloto que junto con ellos se hundían en un mar de hierros retorcidos, mamparas compactadas y fuego, llamas por doquier. Del camarote de babor intentaban salir los marineros que reposaban o dormían, pero el pasillo obstruido por la puerta combada del otro camarote lo impedía; los vigías de babor resbalaban en la cubierta que se doblaba exactamente por su punto central, donde estaba la superestructura. Fritz Topp, como vigía de proa, provisto de su chaleco salvavidas, la linterna y sus patas de rana, se arrojó al agua y comenzó a nadar vigorosamente alejándose de la zozobra. El vigía de popa, así como los marineros esparcidos por la cubierta o en los controles de los tanques, atinaban a hacerse de los botes salvavidas en lo que el centro del navío se hundía poco a poco.

En la sala de máquinas, situada en la popa, los fogoneros de las calderas apenas atinaron a abrir las válvulas para dejar escapar el vapor por las sirenas y salieron en tropel para junto con los otros tomar su lancha salvavidas correspondiente.

El barco comenzó a hundirse en su tercio medio, levantando al cielo la proa y la popa de modo tal que pareciera que se hundía en forma de uve hacia las profundidades del océano, llevándose consigo a nueve marineros más los tres oficiales y el piloto que estaban en el puente de mando. Mientras tanto el U-564 emergió y por su puente de torre aparecieron seis hombres barbados, de los cuales dos miraban hacia los restos del Potrero del Llano calculando sus probabilidades de hundimiento o la necesidad de cañonearlo para dejarlo inutilizable. Viendo que el daño era considerable, optaron por no bombardearle y a baja velocidad se acercaban a los botes salvavidas preguntando por Fritz Topp Martínez; no obteniendo respuesta comenzaron a dar una vuelta en derredor y ya próximos a sumergirse alcanzaron a ver una señal luminosa en la superficie del agua, como a 500 metros de la conflagración. Por supuesto se trataba de Fritz, que fue recogido y llevado con los atacantes, dejando atrás el barco destruido, 14 marineros muertos y un reguero de petróleo. Con tal hecho, el guatemalteco-alemán que se marea en el mar tuvo el infortunio de permanecer en zona de guerra en la costa de Florida hasta el 20 de junio, cuando por fin Suhren inició la retirada, desembarcando en Brest, Francia, el 26 de junio de 1942. Qué fue de Fritz Topp Martínez después, es un enigma en este relato, pero seguramente los informes a su primo Erich Topp sirvieron mucho a Reinhard Suhren pues sabemos que este, en octubre de 1942, dejó la comandancia del U-564 y fue enviado como instructor de la 2ª División de Entrenamiento de *U-boat*. Más tarde, sirvió en la 27ª flotilla de entrenamiento como jefe de estado mayor con el ahora *Korvettenkapitän* (Capitán de corbeta) Erich Topp. Cerca de terminar la guerra, en septiembre de 1944, fue designado comandante en jefe de los *U-boats* entre Noruega y Groenlandia. Finalizado el episodio bélico, estuvo un tiempo prisionero de los ingleses y tras ser liberado y haberse negado a incorporarse a la Bundesmarine (la nueva marina de guerra de Alemania Federal), trabajó en la industria del petróleo y murió de cáncer de estómago el 25 de agosto de 1984.

Después del hundimiento del Potrero del Llano las tripulaciones en tierra comenzaron a inquietarse y los marineros socios de PAISA abandonaron sus contratos con Pemex, excepto los del Juan Casiano, y se dedicaron únicamente a laborar en los barcos Tavares, Tierra Colorada y Psycho, a los que con la debida oportunidad le colocaron en las barandillas de babor y estribor la imagen de la Virgen de Guadalupe convenida por Fritz con los capitanes de los submarinos, imagen que a los buques de Pemex, por reglamento, no les permiten colocar atendiendo a un espíritu laico mal entendido; los demás barcos de la flota de Pemex tuvieron nuevas contrataciones.

El general Heriberto Jara, siguiendo la recomendación hecha por el general Cárdenas al presidente, reforzó las operaciones de patrullaje del plan DM-LP Golfo adicionando más lanchas y dotándolas de cargas de profundidad; con ese panorama, no obstante, acontecieron los demás ataques que la historia nos marca en el periodo de tres meses, y de los cuales se desconocen detalles porque el plan DM-LP Golfo ha sido considerado secreto por razones de seguridad interna. Siete días más tarde del ataque al Potrero del Llano, cuando todos pensaban que se había tratado de una lamentable confusión, fue atacado el Faja de Oro con nueve marineros muertos; después de este suceso México declaró la guerra a las potencias del Eje, declaración más en la letra que en los hechos porque no atinaban las fuerzas de defensa mexicanas cómo proteger a los petroleros y mercantes que tenían que seguir llevando el producto a Estados Unidos.

Sin embargo, pasó más de un mes sin novedades ni actividades de sospecha, cuando en menos de ocho horas, entre la medianoche del 26 y la mañanita del 27 de junio, son hundidos el velero Túxpam con cuatro muertos, y el petrolero Las Choapas con tres decesos. A poco más de un mes, de nuevo se suscita un ataque, esta vez es el petrolero Oaxaca que tuvo seis marineros muertos.

A la sazón se trataba del submarino U-171 en sus setenta y tres días de su primera patrulla de guerra, árida de víctimas al haber hundido solo tres buques, en efecto, los dos anteriores habían sido infructuosos; la carga del buque Oaxaca consistía en unos tractores, postes de madera y los muebles de la casa del cónsul mexicano en La Habana, que había solicitado el servicio a manera de flete por la tortuosidad de mover ese tipo de carga. El otro barco llamado R.M. Parker Jr. de bandera estadounidense que había hundido, su carga era agua potable, y el momento de su encuentro con el Amatlán, con la presión de una tripulación aburrida de una patrulla poco exitosa, debió haber contribuido a exacerbar más los ánimos, aunada a una presión de los MA-LP Golfo y la USCG que le obligaba a poca navegación en superficie y a toparse con puros buques escoltados, hasta que encontró la oportunidad de un aflojamiento de la tripulación a la norma que obligaba a navegar los barcos con su respectiva escolta, o pudo haber sido el apremio de la familia del cónsul urgida ya de sus muebles en México; el caso es que se pensó, ya el 27 de junio, «fue el último ataque, así que esto ya se acabó, ahora podremos navegar seguros». En ese mes de pausa, el barco Tierra Colorada se le entregó al general Félix Díaz Prieto, desentendiéndose él así de todo vínculo con los socios de PAISA, el Tavares inició su viaje a Vigo con la hermosa Catalina como única viajera, una semana después le fue a la zaga el Psycho y nunca más se supo de ellos. Crown inició el rumor de que lo más seguro es que debían haber sido hundidos por algún submarino que nada sabía de la insignia guadalupana, o que pudieron haber sido incautados por la Royal Navy en su paso por el Canal de La Mancha.

VII. El último ataque

Fecha, 4 de septiembre de 1942, la noche había sido oscura, sin luna, solo una que otra estrella se vislumbraba entre la bruma. Amanecía a las 4:30 cuando el petrolero Amatlán se acercaba a Tampico cargado con barriles de gasolina, casi desierto en cubierta, los marineros de guardia estaban en sus puestos, sala de máquinas, puente de mando y la mayor parte dormidos desperdigados por ahí, excepto dos que ante la inminente llegada a puerto mexicano bajaron al camarote a recoger sus pertenencias, viendo extrañados que tres más dormían ahí, pese a la recomendación de no hacerlo; en una hamaca estaba Refugio, quien con melancólica voz se burlaba de Timoteo por sus amores con Catalina: «¡Bééésame, bééésame muuucho, como si fuera esta noche la última veeez!». «¡Cállate pinche lanchero Colchero!», le respondía Timoteo.

Refugio, dicharachero como era, entre puya y broma, con sonrisa plena que hacía relucir su bien cuidada dentadura, de la cual hacía gala constante en reposición a su baja estatura, mordaz, intentaba provocar a Timoteo por haberse malenquistado con Catalina que le había exigido realizar esta última operación so pena de negarle sus amores, ajeno por supuesto a que la dama en cuestión lo que hacía era cumplir las indicaciones de Fritz, quien la tenía engañada con la promesa de llevarla a Alemania, el país que ganaría la guerra y que extendería el poderío nazi por todo el mundo.

Diez días antes se embarcaron en el petrolero en el puerto de Coatzacoalcos, con 15 000 barriles de petróleo crudo que desfogaron en Houston, donde cargaron los 17 000 barriles de gasolina que ahora traían; el propósito era conforme las instrucciones de PAISA de llevar el cargamento a Vigo, incorporados en un convoy arguyendo ir a Liverpool y, antes de entrar al Estrecho de Florida, aparentar desorientación y desviarse hacia las Bahamas, y en un punto convenido contactarían con los submarinos alemanes para proveerlos; Timoteo, Refugio y Damián se extrañaron cuando vieron que no se hacía la maniobra y solo entonces supieron que el capitán original con el que salieron de Coatzacoalcos había sido sustituido por el capitán Gonzalo Montalvo Salazar, quien no formaba parte de la estructura huachicolera a la que ellos pertenecían.

Timoteo, confiado, supuso sin constatar que las dos imágenes de la Virgen de Guadalupe estaban en las barandas a babor y estribor, sin darse cuenta de que con el cambio de tripulación estas habían sido retiradas; él descansaba en los camarotes junto con Refugio y Damián cuando vio que llegaron otros dos que no conocía, con todo y que les habían ordenado no dormir ahí sino en cubierta. En un acto de indisciplina manifiesta, Timoteo no reconoció en pleno la autoridad de su nuevo capitán, aparte de que estaba confiado y esperaba que los alemanes reconocieran las insignias y se dieran por enterados de que era un barco enrolado en el convenio con PAISA.

Timoteo ya estaba harto de cómo se habían venido desarrollando los acontecimientos, ya se cansó de ser el sumiso colaborador del capitán Crown, que además ni siquiera se enrola en las tripulaciones que le asignan a él y a Refugio, nada más se limita a navegar capitaneando el Juan Casiano, y le sumaba la reyerta habida durante la escala en Miami dos noches atrás con los marinos yanquis del barco guardacostas USCG Thetis, y que la policía militar tuvo que sofocar por lo que retuvieron a la tripulación, pelea en la que no participaron Damián, Refugio y Timoteo por haberse ido momentos antes con unas prostitutas, de las que se despidieron en plena madrugada. Por eso se les hizo raro no encontrar a nadie cuando abordaron el barco. Estos dos días lo había estado pensando bien, llegando a Tecolutla hablaría firmemente con Dominga, le diría que la dejaba, que su carácter no daba para más, que se la pasaba

diario enfurruñada y renegando de la vida misma... le diría que...
y entonces reaccionó cuando vio que ya la estela que los seguía
tenía rato que no la veían, y en su lugar apareció otra estela más
gruesa que venía en un ángulo cerrado hacia la popa por babor, y
gritó «¡torpedo a popa por babor!». El capitán Montalvo reaccionó
de inmediato y ordenó todo a babor a toda máquina, por lo que el
barco al girar esquivó la trayectoria, estaba el barco terminando el
recorrido cuando el vigía de proa previno otro torpedo «¡torpedo
a proa por babor!». Y el capitán de nuevo a ordenar «¡todo a estribor
a toda máquina!». Pero justo en esta maniobra, inmediatamente
después el vigía de costado de estribor anunciaba «¡torpedo por
estribor!», y ya no hubo tiempo de hacer otra maniobra, el estruendo
fue un rugido pues el torpedo dio justo en línea de flotación de la
embarcación, a la mitad del barco, debajo del puente de mando y
en los camarotes. Después de la explosión se dejó oír el grito de
angustia de Damián que se le ahogaba en la garganta y solo atinaba
a voltear a ver a Refugio, quien con tristeza vio la muerte en la
mirada de su amigo, Timoteo era un amasijo de carne, sangre y
agua que a borbotones comenzaba a entrar al barco.

Para las 12 del mediodía en Ciudad de México era un escándalo,
tres días antes el general Cárdenas había relevado al general Pablo
Macías Valenzuela y se hubo de convenir en nuevas estrategias de
navegación que incluyeron los viajes en convoy y las escoltas de
las lanchas patrulleras y los guardacostas estadounidenses.

Nunca más se registraron ataques alemanes en el Golfo de
México, las actividades de la USCG y el plan DM-LP Golfo les
habían ahuyentado, ya les era difícil abastecerse de combustóleo
huahicoleado, las tripulaciones de PAISA entraron en razón y más
por miedo que por patriotismo se negaron a realizar operaciones
de abastecimiento. Así transcurrió el resto de la guerra hasta el 19
de octubre de 1944.

Desde septiembre de 1944, conforme la guerra se inclinaba a
favor de los aliados, Garfield y Crown habían estado en total

confrontación pues el curso que tomaba la guerra ya no los hacía tan amigos a los socios corruptos; el primero exigía más porcentaje aduciendo el riesgo que se había ido elevando con los fracasos de los barcos mexicanos, en los que ellos corrompieron a parte de la tripulación; fueron seis los barcos hundidos en 1942, Crown arguyó en su favor que esos barcos hundidos no portaban la insignia convenida, y que el Juan Casiano siempre la portaba, de eso se aseguraba él. Pero reconoce que es mejor deshacer la asociación por lo que este último viaje sería el último. Además, sabían que el capitán Juan Ávalos Guzmán también deseaba más participación, lo que tanto Ávalos como Garfield desconocían es que Crown guardaba sus dólares en la caja fuerte del Juan Casiano, y que eran su única tabla de salvación para un nuevo comienzo en Sudamérica, con los nazis que Fritz había estado moviendo en el Tavares y el Psycho, como se lo habían informado los mismos alemanes a los que ahora surtía.

Ese 19 de octubre llovía a lo largo y ancho de la península de Florida, había una tormenta tropical que no cesaba y habían avisado el USCG que se aproximaba un huracán; Garfield y Crown desde la tarde anterior estaban libando en el yate Amatique, sin registro de pasajeros, con el pretexto de recoger turistas en La Habana, pero la bodega y los camarotes se encontraban repletos de bidones vacíos a la espera de ser subidos, rellenados por gasolina del Juan Casiano.

Yate fino, sin riesgo de hacer agua, surcaba bien la superficie para llegar al buque, aparentando viajes de placer entre La Habana y Miami, lo manejaban los socios de Mr. Garfield, que en realidad se dedicaban a servir de mininodrizas de los submarinos alemanes que habían comenzado a infestar El Caribe, dentro de su operación *Paukenschlag*. Soportaba debidamente acomodados 30 bidones de tres y medio litros cada uno. Garfield lo piloteaba, se acercaba sigilosamente al Juan Casiano y lo abordó Edgardo Crown Tamares, ligeramente alcoholizado, el Amatique se separó y se alejó. Edgardo, al llegar al puente de mando, se enteró del aviso del temporal. El sentido común marcaba que debían salir a mar abierto a capotear las olas, sin embargo, envalentonado por el alcohol ingerido y a sabiendas de que sin sol carecía de buena orientación, ordenó enfilar a puerto, lo que hizo surgir una discusión con su oficial segundo de abordo y el piloto, por lo que ninguno avistó que se iban de frente contra un patrullero, y en las maniobras de evasión no se pudo evitar que hubiera una colisión contra su costado. El percance no fue para más, si no hubiera sido por el incendio que se desató en uno de los tanques, lo que provocó una explosión que provocó a su vez el hundimiento del barco y la muerte de 21 de sus tripulantes, incluido el propio Crown.

Desde esa ocasión, y ahora sí definitivamente, no se supo nunca más del Tavares y del Psycho; mucho menos de Fritz Topp Martínez.

Continúa con *Nopalitos del Pacífico* (en preparación).

Lecturas recomendadas

El decaptidado de Acla (Ignacio Meza Luna)

Pisando serpientes (Ricardo Celis)

Creo que quiere matarme (Yajaira González)

La tierra que la vio nacer (Jacqueline Hernández Medina)

Borealis (R. York)

La verdadera virgen (Rodolfo Rangel)

9 786125 042385